报复与宽恕的博弈

——被害人困境的法律心理学研究

李　婕◎著

燕山大学出版社
2020·秦皇岛

图书在版编目（CIP）数据

报复与宽恕的博弈：被害人困境的法律心理学研究 / 李婕著. —秦皇岛：燕山大学出版社，2020.6

ISBN 978-7-81142-774-5

Ⅰ. ①报… Ⅱ. ①李… Ⅲ. ①司法心理学—研究 Ⅳ. ①D90-054

中国版本图书馆 CIP 数据核字（2018）第 275351 号

报复与宽恕的博弈——被害人困境的法律心理学研究

李婕 著

出 版 人：陈 玉

责任编辑：杨春茹

封面设计：朱玉慧

出版发行：燕山大学出版社 YANSHAN UNIVERSITY PRESS

地　　址：河北省秦皇岛市河北大街西段 438 号

邮政编码：066004

电　　话：0335-8387555

印　　刷：涿州市般润文化传播有限公司

经　　销：全国新华书店

开　　本：889mm×1194mm　1/32　印　　张：7.625　字　　数：160 千字

版　　次：2020 年 6 月第 1 版　印　　次：2020 年 6 月第 1 次印刷

书　　号：ISBN 978-7-81142-774-5

定　　价：34.00 元

序

马 皑

给李婕的新书写序是一件令人欣慰的事情。我相信，我们共同的老师——中国犯罪心理学的主要开创者罗大华教授，在九泉之下也会为此而开心。

李婕的求学经历与我的教学经历有许多的交集，我是她个人成长的见证人，她也是我治学生涯的亲历者，正是12年教学相长，更让我在为她的新书写序时体会到春华秋实的满足。2006年，她是我们中国政法大学应用心理学专业的第一届学生；2010年，她考入我们犯罪心理学专业，在我门下开始了硕士阶段的学习；2013年，经过不懈努力，她成为罗大华先生的闭门博士。2015年，罗老师仙逝，我接替罗老师的工作指导她的毕业论文，并且送她走出记载她十年窗下的中国政法大学。有趣的是，我是罗大华老师的第一个博士生，李婕则是关门弟子，继承老师的事业，把心理学学科发扬光大是我们作为同门的共同使命。而努力钻研学术，将自己锻炼成符合历史与现实要求的教师，成为一个对自己、家庭、社会有价值的人则是我作为老师与长辈对她的期盼。为她的新书作序也就必然成为我当仁不让的责任。

《报复与宽恕的博弈——被害人困境的法律心理学研究》是李婕独立完成的第一本专著。在微观层面，她希望观察当一个人被别人侵犯之后，在报复、惩罚、沉默、宽恕等选项中更可能选择哪种策略，为什么会做出这种选择；在中观层面，她希望解释不同文化、不同情境对判断和选择有着哪些影响；在宏观层面，她希望自己的研究结论能为刑罚理念与司法制度带来有价值的建议。其研究主题既是社会现实，也是理论界纠结了几个世纪的古老话题。全书分别梳理了前人的思想精华，以进化的视角总结了不同应对策略的历史脉络，从宗教、文化、国民性与刑法以及刑罚交互作用的历史中分析了不同应对策略的时代定位与发展。掩卷长思，我对这本《报复与宽恕的博弈》给出以下评价。

首先，它不是一本单纯的法学或心理学专著，不能简单地用文科或理科来进行衡量。对问题的研究，如果仅仅囿于传统的学科边界，满足于自以为是，在已经是信息化、数据化的时代，无疑是画地为牢。本书对多学科理论知识的开放性态度，不仅能让作者的论点根壮叶茂般扎实，也能使读者在交叉纵横的论证中思考今后自己处于被害情境后的应对策略，思考人际冲突中更有收益的解决方案。

其次，心理学是作者的主要知识背景，它是一门用科学方法检验假设的学科，其使命在于“讲真话”，也就是探寻规律与真理。本书所探索的问题，历来是在哲学范畴为思考与争辩的科目，很少有心理学尤其是心理学实证方法的介入。本书分别采用实验法、质性分析法围绕主题进行了具有数据支撑的检验，而且某些结论对当下的刑事政策是具有指导意义的。比如成年人与青少年群体比较，可以发现当前在成年罪犯的刑罚中倡导恢复性司法的理念尚缺少文化传统和实际效果。而“青少年群体对宽恕者的态度最佳，评价最好，再次侵害宽恕被害人的可能性最小”，这也与国际上恢复性司法主要适用于青少年法庭（张旭，蔡一军，2007）相吻合，所以，将以宽恕、和解为核心的恢复性司法作为报应性司法的有益补充，在青少年群体中进行探索和尝试可能是符合国际潮流的发展趋势。

最后，全书的研究是关于如何决策和可能产生怎样的后果。书中既有可供借鉴的历史教训，更有帮助读者审视自己的实证判断，无论作为理论专著还是决策指南都是一部有价值的作品。

难以脱俗，在此还是要说“但是”，毕竟这是李婕的处女作，虽然结构不够挺拔，枝叶不够茂盛，缺少老练与深沉，存在不少今后可以修正的缺点，但正如本书所提示的“虽然，东西方文化中的宽恕在内涵、目的、对象上有一定区别，但是它们都强调宽恕是一种爱、一种美德，是一种化解人际纠纷、解决人际矛盾、让社会和谐的方法，是一种不断提高个人修养（修为），以期达到更高境界的方法。两种文化对宽恕都是赞扬和倡导的”。我想，对年轻人的努力给予鼓励，对错误予以宽恕，是帮助他们成长的最好方式。

李婕的第一个学术脚印终于印记于她的成长史，希望她走得更远，更踏实。她今后的学术高度是对中国政法大学心理学教学水平的最好检验，也是她作为中国第三代犯罪心理学传承者是否合格的最好说明。

2018 年 10 月 16 日

目　　录

第一章

报复策略

第一节 报复的含义

报复，这个既让人害怕又让人着迷的词语，千百年来与人类历史交织在一起，经历种种变化，演化出各种类型，却从未真正消失过。

一、报复的界定

关于报复概念的界定，我们首先需要明确报复、复仇、报仇之间的关系。报复、复仇、报仇三者的相似性极高，在大多数情况下可以互换使用，在许多定义的解释中，往往用其中一个对另一个进行解释，“报复也称‘血亲复仇’，血亲复仇是人们在受到侵害后所采取的报复行为，复仇的对象主要限于同族人，包括侵害者本人。”[1] 细分他们之间的区别，主要表现在概念的外延上，报复的外延较后二者更为广泛，一般指某一个体或群体受到攻击或伤害后，予以反击。从严重程度上说，“报复有轻有重”[2]，轻的报复可

---

[1] 李恩洁，凤四海 . 报复的理论模型及相关因素 [J]. 心理科学进展，2010（10）：1644-1652.

[2] 杨德煜 . 希腊神话传说中的复仇主题探究 [D]. 上海：上海师范大学，2004.

以是公交车上被踩脚，予以推搡的回击，重的报复可以是血债血偿的灭门案件，而复仇和报仇更强调于“仇”，能结仇的伤害，必然引发较重的报复，所以复仇和报仇是较重程度的报复，其情感更为深刻，意志更加坚决；就存在领域而言，复仇和报仇主要存在于更原始、更自然的社会环境中，其中以血亲复仇为代表，而报复还可以出现在更高级、更复杂的社会组织中，如企业文化中的报复等。此外，在词汇使用方面，报仇多用于口语表达中，复仇多用于书面表达中，而报复在两种表达中均经常使用。所以，本书鉴于报复的适用性更广，选取报复为研究对象。

二、报复的定义

报复是什么？不同学科有不同的见解。哲学认为，“报复是受害者不计代价和危险，试图伤害冒犯者的一种现象，它是一种非理性的，违反社会规范的行为。”[1] 社会学认为，报复是为了补偿自己所受的伤害和侮辱，而对他人进行惩罚或伤害。[2] 心理学将其定义为“受害者根据冒犯者的动机，对后果的严重程度进行评估后，实施攻击行为以惩罚或伤害他人的现象”[3]。这些定义共同承认，报复是一个有

[1] Elster J. Norms of Revenge[J]. Ethics，1990，100（4）：862-885.

[2] Stuckless N. The Vengeance Scale：Development of a Measure of Attitudes Toward Revenge[J]. Journal of Social Behavior & Personality，1992，7（1）：25-42.

[3] 李恩洁，凤四海 . 报复的理论模型及相关因素 [J]. 心理科学进

前因的行为，因为之前受到侵犯，作为报复主体的受害者，通过攻击行为，指向作为客体的侵犯者，达到对“侵害行为予以惩罚”[1]，对冒犯者予以伤害的目的。

展，2010（10）：1644-1652.

[1] 李恩洁，凤四海．报复的理论模型及相关因素 [J]. 心理科学进展，2010（10）：1644-1652.

第二节 中西方文化中的报复[1]

报复起源于原始社会，东方和西方文化里不乏报复的案例、故事及文学创作，其报复的传统、目的、动机、模式等均因文化的烙印，有所差异。

一、中华文化中的报复

中国历史上最早的关于报复的记录来源于上古神话传说。神话传说虽不像历史有据可考，但源远流长，代代相传，可以深刻反映出某一民族最原始、最内核的价值观。复仇的神话传说最为著名的是《山海经》中的精卫填海和刑天复仇。精卫被大海淹死，刑天被斩首级，性命皆丧失，但这都不能阻挡他们报仇的决心，精卫化身成鸟誓要填平大海，后与海燕结为夫妻，所生的小精卫世世代代志在填海；刑天以乳代眼，挥舞干戚，战斗不止。这两则上古神话传说，流传度和世人认可度非常高，精卫与刑天坚定的

[1] Li Jie. A Comparative Study of Revenge and Law in Chinese and Western Cultures[J]. Canadian Social Science，2015（4）：180-184.

意志和决心从古至今受到人们的普遍认同和尊重，这也反映出原始社会即存在报复行为，“报”的观点深深根植于民族心里。

到了奴隶制社会，最早关于报复的记载：“殷王子亥宾于有易而淫焉，有易之君绵臣杀而放之。是故殷主甲微假帅于河伯以伐有易，灭之，遂杀其君绵臣也。”[1] 故事是说殷人的祖先王亥寄居在有易国而被迷惑，有易国勾结他的弟弟王恒盗取他的羊群和牛群，后有易国君主绵臣将王亥杀害并分尸。王亥的儿子上甲微被殷人拥立为君，找河伯借兵攻打有易，河伯也看不惯有易的做法，同意借兵，上甲微杀了有易之君绵臣，有易被烧杀，几乎灭国。这一历史记载反映出奴隶制时期为父报仇得到认同和帮助，并且出现复仇扩大化的倾向。

春秋战国直至秦朝时期的报复行为表现为诸侯国家的战争与游侠个体复仇相混合。诸侯战争中“最著名的复仇战争当属‘齐襄公复九世仇’，通过齐襄公的复仇行为说明‘复国仇者贤之’，而且‘国仇不可并立于天下，虽百世可复也’”[2]。游侠个体复仇与国家战争相结合的代表为著名的荆轲刺秦，此时的报复者除了为君复仇外，还增加了“士为知己者死”，为义复仇的成分。春秋时期人们对为君、为父母报仇普遍认可，儒家学派的代表孔子也对报复问题有过论述，“子夏问于孔子：居父母子仇如何？夫子曰：寝苫，枕干，弗与共天下也。遇之市曹，不反兵而

[1] 朱右曾，王国维，黄永年 . 古本竹书纪年辑校 [M]. 沈阳：辽宁教育出版社，1992：32.

[2] 王蕾 . 两汉复仇风俗研究 [D]. 济南：山东大学，2010：9.

斗。”[1]孔子认为，有父母之仇的人要时时铭刻于心，不能与他生活在一个国家，如果在街上遇到，不要回去取兵器再搏斗，而是兵器时时不离身。可见，为父母报仇，手刃仇人，在当时已朝向义务和道德的双重要求发展。进入秦王朝的大一统时期，由于律法严苛，法家思想占统治地位，明令禁止私人报复行为，这一时期的报复行为有所抑制，但秦王朝二世而亡，未能在历史上对报复行为的抑制产生深远影响。

两汉时期的报复行为发展到高潮期，“鲍宣谓‘民有七死，而怨雠相残其一’。”[2]七桩人命案中就有一起是因为报复而引发的，可见报复行为在当时是何等盛行。这一时期记载下的报复案例有很多，多在《汉书》《后汉书》中，如《华阳国志·汉中士女》《汉书·翟方进传》《后汉书·郭符许列传》《后汉书·王常列传》《后汉书·刘玄刘盆子传》等。两汉复仇之风盛行的最主要原因来自于汉代“罢黜百家，独尊儒术”的政策，使得儒家思想居于统治地位。董仲舒将“孝”推崇致极，对君须尽忠，对父母应尽孝，“百善孝为先”，这种儒家的礼、孝思想，在两汉时期作为主流思想为中华民族所传承，时至今日，这种“百善孝为先”的思想仍在中华民族心中占据重要位置。这种为君、为父报仇的思想在《春秋·羊公传》中表现最为突出，“君弑，

[1] 唐红林，邹剑锋．儒家“孝治”对“血亲复仇”的扬抑 [J]. 宁波大学学报（人文版），2005，18（6）：26-29.

[2] 李周平．先秦两汉复仇现象比较研究 [D]. 大连：辽宁师范大学，2012：2.

臣不讨贼，非臣也。子不复仇，非子也。”[1] 在两汉时期，君主之仇，父母之仇“不共戴天”，如果不报，将为世人所唾弃，难以立足。为父母、兄弟、夫（妻）、子女报仇的七尺壮汉、柔弱女子皆被广泛尊重，甚至为政府所嘉奖。两汉时期这种被“孝”“礼”浸染甚至某种意义上被胁迫产生的报复心理深深植根于中华民族，在其后千年的历史中仍可寻其踪迹。

两汉以后的魏晋南北朝、唐、宋、元、明、清时期，由于法律的日益健全，出现了不同程度的礼教与法治的冲突。法律上禁止“私人报复”，但通常的结果是法律不得不向礼教做适当的妥协，所以复仇行为在这段历史长河中并不少见。武则天时期徐元庆杀官复仇案件，是法律与礼教冲突的代表。徐元庆认为父亲被处死是当时的县尉与其父有私仇，判决不公，他为父报仇杀了县尉，并投案自首。当时的舆论普遍对其表示同情，认为虽然有违法律，但行为值得尊敬。此案件在当时受到广泛讨论，最后武则天将徐元庆正法，认为需要维护法律的威严，但在其葬礼上予以表彰，称赞这孝道。这种判决为人称道，后世遇此类型案件，多效仿之。宋代的法律也没有对复仇有明确的规定，只是将此类案件交给君主，“奏取敕裁。”[2] “元律认为子报父仇无罪，明、清法律稍加变通，分情况予以免罪或一定

[1] 陈巍 . 血亲复仇主题在中国现代文学中的延伸和变异 [D]. 开封：河南大学，2007：7.

[2] 窦仪 . 宋刑统 [M]. 香港：中华书局，1984：356.

的处分。”[1] 这段封建主义繁荣发展的时期，报复的形式也向反抗权威、替天行道的多样性发展，其中以《水浒传》最具代表性。人们之所以认同和尊重这种向权威报复的行为，一方面是当时法制不健全，话语权多掌握在权贵手中，要实现公平，伸张正义，诉诸于公很难，另一方面普通群众对这种底层人民的反抗带有天然相似处境的同情，以及看到反抗效果所给他们带来的希望。所以，当一个朝代没有明君，也少有清官时，人们往往将伸张正义的希望寄予在侠客身上。

近代的报复相比之前并没有本质的变化，因整个中华民族在这段时期受到列强欺凌，国内军阀混战、抗日战争等，其报复的特点主要表现为民族性、反抗性与战争。在传统的血亲复仇上，法律仍处于向礼法妥协的地位。以近代最著名的“施剑翘”案为例，其为父报仇，十年磨一剑，手刃仇人后自首，社会舆论对其赞誉有嘉，同情声一片，判处有期徒刑 7 年，后冯玉祥出手救援，最后监禁 11 个月后被特赦。

总结报复在中华文化中的特点，可以归结为以下五个方面：

一是报复的礼教色彩浓厚。中华文化中的复仇最明显的特点便是浓厚的礼教色彩。从原始社会、奴隶制社会近乎原始的报复本能，发展到春秋、两汉以“孝”为首的“父母之仇，不共戴天”，再到唐、宋，直至近代这种复仇思想的沿革，使得报复，尤其是为君、替父的报复既是责任也是义

[1] 王蕾 . 两汉复仇风俗研究 [D]. 济南：山东大学，2010：9.

务。同样是出于礼教文化的影响，替不同对象的报复是有义务上的差别的，为君主、为父母的报复是第一位的，义不容辞的。在儒家传统中君主等同于“父”，替君主报仇是替父报仇的一种延伸，当此二者出现矛盾时，应当以父母为先，“唯孝事大”。为兄弟复仇也是义务，这种义务居于父之下。礼教也称赞出于“义”为朋友、知己复仇，但这种义务远低于血缘关系中的复仇，并且强调为朋友报复，不得损害为父母尽孝的可能，在《礼记·曲礼上》中即有“父母在，不许友以死”的规定。由此可以看出，打上礼教烙印的报复，其核心是“孝悌”，一切以孝为先，一切以孝为重。

二是报复者多为正面形象。在诸多报复案例中，从上古神话的精卫、刑天，到齐桓公、越王勾践，再到徐元庆，《水浒传》里的武松、鲁智深，直至窦娥、吕四娘，近代的施剑翘，这些人物在普通百姓心里或为英雄或对他们深加同情。人们普遍认为报复是应有之举，势单力孤而不畏强权值得敬佩。当然，这些被尊重的人物，并不仅是因为报复而得到尊重，而是他们“报复有理”，需要为自己、为他人伸张正义。在文学作品中也存在报复的反面人物，如金庸的《神雕侠侣》中的“女魔头”李莫愁，她因爱被辜负，肆意滥杀无辜，只因与情敌同姓，便杀了何老拳师一家二十余口。她的报复恃强凌弱，肆意扩大，为世人所厌弃，但仍不乏有对其怜悯之声。诚然，有史可考的报复者形象，很可能是因其影响大、形象正面才被记入史册，而那些负面的报复行为因没有资格进入史册而被遗忘。但是，即便如此，这些流传深远的复仇者故事，以其正面的形象还是向世代后人传递了报复应当，报复正当的信息。

三是对报复审判的礼教与法治冲突。对报复审判的礼教与法治冲突成为中华文化中报复的一大特点。在两汉及以前，法律制度非常不完善，约束人们行为的多为道德、礼教，所以那一时期的报复，被日本的学者穗积陈重称之为“复仇公许时期”[1]。从唐朝至近代，法制日益健全，法律开始明文禁止公开报复，但是当出现替父报仇之类案件时，法律又不得不向深得民意的礼教妥协，最著名的案件如前文所述武则天时期的“徐元庆案”。所以，可以说中国整个古代法制史实际上也是一部不断与礼教相斗争、相妥协的历史。

四是报复范围缩小化趋势。纵观中国历史上的报复现象，范围上有不断缩小的趋势。从报复的主体看，从原始社会、奴隶制社会的血族报复，一人受到攻击或杀害，整个部落、世族都要为其复仇，发展到封建社会的以家族为单位的复仇，到了封建社会中后期演变为至亲是报复的主体。从报复的客体看，从原始社会、奴隶制社会部落或族群的任向一人都可以成为报复的对象，到封建社会与侵犯者有关的家族成员，再到侵犯者的至亲（妇孺除外），直至近现代的报复对象只限定为加害者本人。而报复的实施地也从最初的公开复仇，发展为隐蔽的私下复仇。这种报复范围不断缩小的趋势，既是法制日益完善的结果，也是人类文明不断进步的体现。

五是报复追求单一的结果。在中华文化中报复的演变中

[1] 穗积陈重．复仇与法律 [M]. 曾玉婷，魏磊杰，译．北京：中国法制出版社，2013：3.

始终保持不变的是追求单一的结果：人身伤害甚至死亡。这与西方文化中的报复有很大不同，西方文化财产观念出现后，允许以财产赔偿作为报复的另一种选择。然而，用赔偿替代血偿的结果，在中华文化中是绝不可能的。这与礼教思想密切相关，封建社会有骨气之士应当“视金钱如粪土”，如何能为了金钱，放弃“不共戴天”的仇恨，即使他为了生存，有意接受财产赔偿，也会为世人所不齿，为礼法所不容。《唐律》中明确禁止私和，“诸祖父母、父母及夫，为人所杀，私和者，流二千里。其亲徒二年半。”[1] 直至今日，人们仍很难接受以赔偿代替死亡，将刑法中刑事案件的调解称为“以钱买刑”或“以钱买命”。

正是因为中华文化中的报复有着浓厚的礼教色彩，被打上“孝悌”等道德的烙印，加之源远流长的复仇故事皆为正面形象，这使得报复这一思想深深植根于民族心理。“有仇不报非君子”“君子报仇十年不晚”“以牙还牙、以血还血”“以其人之道还治其人之身”成为戏文里、普通人民口边的话。

二、西方文化中的报复

西方文化中的报复现象亦很常见，也经历了由部落、族群的血族报复到个体复仇的演化，但因其文化是个体取向的，多倡导个体的价值、荣誉、尊严，其与东方文化中

[1] 穗积陈重 . 复仇与法律 [M]. 曾玉婷，魏磊杰，译 . 北京：中国法制出版社，2013：9.

的报复有许多差异，呈现出以下特点：

一是以个体价值为内核。《荷马史诗》是古希腊最早的一部史诗，其中的《伊利亚特》记录了阿喀琉斯报复的故事。阿喀琉斯是神与凡人的后代，骁勇善战，在特洛伊战争中带领希腊军队杀得特洛伊军队闻风丧胆。在一次战斗胜利后，大统帅阿伽门农掠夺了阿喀琉斯的战利品（女奴），阿喀琉斯认为其侮辱了自己的荣誉，拒绝再上战场，希腊军溃败，阿伽门农送还女奴希望他回归战场，阿喀琉斯不为所动。直至他的好友帕特洛克罗斯在战场上被赫克托耳所杀，他痛心疾首，决心为其报仇，于是重回战场，杀死赫克托耳，并将其尸体钉于战车上游行。阿喀琉斯的报复故事，充分展现了西方文化以个体荣誉、个体价值为核心，阿喀琉斯拒绝上战场是因为荣誉被褥，即使其所属的希腊军溃败，他也不会向东方文化那样以国家、民族大义为先，重披战袍，而他重上战场是因为挚友被杀，要报私仇，在杀害敌人后，还要对其尸体进行侮辱，全然不顾人民的反对。可见，西方文化的报复是要实现个体的价值、赢得个体的荣誉，达到个体的自由与愉悦的“善”。

二是常为多支线的报复。西方故事的报复，大多包含多条支线，内容、关系更为复杂，结局很难说清究竟谁是成功的报复者。以希腊神话故事俄瑞斯忒斯为例，希腊统帅阿伽门农为了赢得战争，将自己的女儿杀死，祭献给女神阿耳忒弥斯，当阿伽门农凯旋归来，他的妻子联手情人为报丧女之仇将其杀死，阿伽门农的儿子俄瑞斯忒斯杀母为父报仇，又遭到复仇女神的追杀，最后逃到雅典娜法庭，得到神的审判，获得赦免。这其中的报复包括阿伽门农的妻子替女儿报仇杀死丈夫，阿伽门农的儿子俄瑞斯忒斯替父亲报仇杀死母亲，也包括复仇女神向俄瑞斯忒斯报复。莎士比亚的著作《哈姆雷特》也是如此，哈姆雷特的叔叔杀其父娶其母，哈姆雷特要向叔叔报仇，哈姆雷特之父杀挪威王，挪威王子向哈姆雷特之父报仇，哈姆雷特杀波罗涅斯，其子向哈姆雷特报仇。

三是常伴有精神、道德挣扎。这一点在中华文化中的报复是不存在的，中华文化中的报复是受到礼教支持的，认为是道德的。在俄瑞斯忒斯神话中，阿伽门农的妻子为女儿报复是“正义”的，但杀死自己的丈夫，有违人伦，阿伽门的儿子俄瑞斯忒斯为替父亲报仇是义务，但弑母又是罪大恶极，当听从太阳神的旨意杀死母亲后，却遭到报复女神的追杀，精神处在崩溃的边缘。这一方面由于西方“神的意旨”并不统一，太阳神一个意见，复仇女神又是一个意见，作为人不知道要如何决策，陷入一个接一个的困境。最后，只有将其诉诸于法庭，由“立法”来判决，结束无休止的报复命运。

四是以赔偿替代杀戮式报复。在私有财产出现以后，西方文化中的报复出现以赔偿作为替代。如《古兰经》的《牦牛篇》中记载：“众归信的人哪！已对你们规定了给被杀的人抵偿；良人以良人，奴隶以奴隶，女子以女子。”[1]在一些法律中将赔偿的数额根据所侵犯的对象不同进行严

[1] 穗积陈重．复仇与法律 [M]. 曾玉婷，魏磊杰，译．北京：中国法制出版社，2013：8.

格的划分，“里普利安人的法律中，根据人种不同来决定杀人的赔偿，杀了法兰克人赔偿两百先令，杀了勃艮第人赔偿一百六十先令，杀了罗马人，赔偿一百先令。”[1] 西方的报复赔偿日益完善和先进，为普通民众所接受，而东方文化中的报复赔偿基本无立足之地，日本也认为报复赔偿有辱武士道精神，这样的差异也影响了东西方文化对诉讼法、民法等法律的接受和认可程度。

五是避难所的出现。避难所的起源与宗教禁忌有关，一般而言，神殿、祭坛、大教堂是神圣不可侵犯之地，如果复仇者在这里杀人流血是对神的大不敬，会遭到神严厉的惩罚。所以，侵犯者逃入这些圣地便可以避难。此外，一些区域文化中也存在避难城，这些城用来庇护杀人者，但仅限于过失杀人，他们一旦进入这些避难城，在城内即禁止受害者对他们进行报复。“根据《约书亚记》第二十章的记载，逃进城的人要先站在城门口，向逃城的长老陈述事情的经过，请求获得入城的许可。长老听了陈述后，承认其误杀的事实，便允许他入城，给他地方住，使其免受仇家的追杀。”[2] 西方的避难所制度不同于中国古代文化中的移乡制度（如《唐律》中“诸杀人应死会赦免者，移乡千里外”），其更加完善，受到宗教力量和公权力的保护。避难所制度有利于缓解复仇流血、死亡的结果，使和解、谈判、赔偿成为可能，也

[1] 穗积陈重 . 复仇与法律 [M]. 曾玉婷，魏磊杰，译 . 北京：中国法制出版社，2013：9.

[2] 穗积陈重 . 复仇与法律 [M]. 曾玉婷，魏磊杰，译 . 北京：中国法制出版社，2013：62.

是引渡制度的雏形。

从以上对中西方文化中报复的分析可以看出，由于其历史、文化，包括礼教、宗教的影响，报复差异很大。总体而言，中华文化的报复是集体主义取向的，因礼教孝悌文化的影响，有其道德义务，在对待复仇问题上，法律与礼教存在冲突，但多数情况下法律向礼教妥协；西方文化的报复是个体取向的，其文化核心强调个体荣誉、个体价值，报复主体常因评判标准的不统一而陷入精神与道德的挣扎，在对待复仇问题上，存在替代赔偿和避难所，与现代立法精神更加接近。这也可以从侧面看出中华文化以血还血的报复思想存在于民族心理的历史文化原因，期望对其加以改变并不是一朝一夕之事。

三、现代社会中的报复

报复并不因其产生于久远的人类早期社会而在当今社会消失，而是衍生出更多形式，更为复杂。在令人震惊的报复中，除了传统的灭门案件、连环杀人案件外，还有更具时代性的校园杀人、杀幼案件、恐怖主义、极端宗教等相关的报复行为等。

校园杀人案件在世界范围内屡屡发生。有研究者指出，“在美国过去的十年间，整个美国的初中、高中、大学均有大量的校园案件发生，其中包括著名的发生在帕迪尤卡、肯塔基州、立托顿、科罗拉多、黑堡的校园案件，以及震惊全球的赵承熙弗吉尼亚州校园连环枪击案，他枪杀32

人，最后自杀。”[1] 在中国，著名的校园杀人案件有马加爵案件、付成励弑师案、复旦大学投毒案等。这些案件的起因千差万别，但都与一个因素相关，即报复。美国联邦情报局 通过分析 1974 年至 2000 年美国的 41 起校园暴力案件发现，其中的 25 起，也就是 61% 的案件是由于报复这一动机触发的。那么他们需要报复的是什么呢？ McCullough 教授认为是欺凌（bullying）[2]。在这些案件中，伤害者都经历过不同程度的欺凌，这种欺凌有的是客观存在的，有的是因其所处的环境造成当事人敏感、多疑，对外界充满敌意，甚至被害妄想产生的，这些犯罪人时常感到备受排挤、孤立，被同辈群体瞧不起、边缘化，自尊心受到严重的伤害，最后做出骇人听闻的罪行。美国对校园暴力案件最好的研究[3]，发现 20% 的学生犯罪者有过长期被欺凌的历史，而只有 9% 的学生受害者有过这样的经历。Nansel 等研究者于 2001 年[4] 发现，41% 的中学生报告他们在这一学期至

---

[1] Flannelly K J. Beyond Revenge : The Evolution of the Forgiveness Instinct（Hardcover）[J]. Journal of Health Care Chaplaincy，2008，15（1）: 33.

[2] Flannelly K J. Beyond Revenge : The Evolution of the Forgiveness Instinct（Hardcover）[J]. Journal of Health Care Chaplaincy，2008，15（1）: 34.

[3] Kimmel M S，Mahler M. Adolescent Masculinity，Homophobia，and Violence : Random School Shootings，1982—2001[J]. American Behavioral Scientist，2003，46（10）: 1439-1458.

[4] JAMA. Bullying Behaviors Among US Youth : Prevalence and Association with Psychosocial Adjustment[J]. Jama，2001，285（16）: 2094-2100.

少有过一次被欺凌的经历，11% 的男生报告他们每周至少被欺凌一次。当然，报复意愿是一回事，真正举起屠刀又是另一回事，“因被欺凌的历史，有报复的欲望是正常的，但杀死自己的同学就是变态的。”[1] 校园暴力犯罪与诸多复杂的因素有关，如行为问题、精神疾病、学校风险因素、枪支滥用、媒体暴力等，但是报复意愿在其中的作用不可忽视，“如果你忽视了报复欲这一因素，那么你会错过校园案件中的关键因素，在许多案件中，报复是最重要的原因。”[2]

杀幼童案件是犯罪者将自身对单位、社会的不满、忿恨转嫁到最为弱势的群体（以幼童为代表），报复社会。2010 年 3 月 23 日，福建南平，郑民生持刀至南平实验小学行凶，造成 8 死 5 伤的惨案，最高法院复核确认“被告人郑民生因恋爱多次受挫，图谋报复泄愤，恐对成年人行凶难以得逞，即萌生了杀害小学生之恶念”。2010 年 4 月 29 日，江苏泰兴徐玉元携刀闯进泰兴某幼儿园，致 29 名幼儿、3 名教工和群众受伤。[3]2010 年 3 月至 5 月短短两个

---

[1] Flannelly K J. Beyond Revenge：The Evolution of the Forgiveness Instinct（Hardcover）[J]. Journal of Health Care Chaplaincy，2008，15（1）：35.

[2] Flannelly K J. Beyond Revenge：The Evolution of the Forgiveness Instinct（Hardcover）[J]. Journal of Health Care Chaplaincy，2008，15（1）：35.

[3] 中国早教网 . 江苏泰兴幼儿园凶杀案凶手一审被判处死刑 [DB/OL].（2015-05-19）.[2015-05-17].http://news.zaojiao.com/2010/0519/75060.html.

多月的时间，全国多地（广西合浦县、广东雷州、山东潍坊等）相继发生多起杀害幼童案件。

与恐怖主义、宗教相关的报复行为更为复杂，现代社会的恐怖主义、宗教主义，其发生并不必然与报复相关。但是，从策略层面上说，恐怖主义或宗教主义的首脑常用反抗压迫、反抗入侵或为我们的亲友报仇来获得更广泛的群众基础。国际社会的恐怖主义分子 Bin Laden 2002 年写了一封《致美国的信》。他提到："我们为什么要战斗，为什么要与你为敌？原因很简单，因为你迫害过我们，并且将来仍要迫害我们……血债需要血偿。你需要知道巴勒斯坦不会独自哭泣，巴基斯坦的女人不会独自守寡，巴基斯坦的孩子不会独自成为孤儿。"[1] 那些潜在的恐怖主义分子愿意加入这样的组织，也是因为"这样的组织能让他们的仇恨有一个出口，报复那些曾给他们自己或家庭或小团体带来伤害的国家、党派、宗教团体"。

总结来说，现代社会的报复行为呈现出以下四个特点：

一是中西方差异缩小。由于文化的不断交流与融合，尤其是互联网的普及，价值取向越来越多元化。以孝悌为核心的礼教文化在中国现代社会逐渐没落，在经济发达地区，尤其是大都市、沿海地区，个人取向的价值观念得到更多年轻人的认同。报复行为在中西方传统文化烙印的差别，也在逐渐缩小。近年来国内频发的以报复为目的的大案、要案多是犯罪者自己的诉求得不到满足，认为受到不

[1] Bin Laden's " Letter to America," [DB/OL].（2007-7-25）. [2019-5-28]. http://observer.guardian.co.uk/worldview/story/0,11581,845725,00.html.

公平待遇，对社会充满忿恨，寻求报复。

二是报复的形式呈现出多样化趋势。除去传统的杀人偿命、财产掠夺外，利用高科技手段和互联网等进行散布谣言、公布隐私，甚至“人肉搜索”，对侵害者的名誉、隐私进行报复性侵害。如多起男子为报复女友分手，网上发布其裸照[1]；成都被打女司机遭人肉搜索，扒出开房记录[2]等。

三是报复的传染性增强。进入互联网时代后，各种自媒体，如微博、微信的发展，使得这个时代成为一个没有秘密的时代。这也促使报复的传染性迅速增强。以杀幼童案件频发的2010年3月至5月为例，短短2个多月的时间，发生了6起重大恶性伤害案件，不可否认，媒体对南平等案件的大肆报道和重点关注，为后来报复社会者的模仿行为起到了一定的助推作用。这也是犯罪心理学专家在当时要求公安部、媒体对类似案件“冷处理”的原因。

四是报复的严重性增加。传统社会的报复杀人案件，报复者主要为青壮年男性，他们凭借自身力量和突然袭击完成报复杀人，而女性复仇者多采用投毒或其他谋略型的报复手段。在冷兵器时代，即使是孔武有力的壮汉，都难以完成连环杀人。而由于枪支的发明和使用，尤其是在持枪许可的美国，类似于赵承熙持枪杀害32人，然后自杀的

[1] 新浪网．男子为报复女友不忠订婚之际上网发布其裸照 [DB/OL].（2015-5-17）.[2019-5-17]. http://sc.sina.com.cn/news/s/2012-11-02/075939005.html.

[2] 新华网．被打女司机开房记录遭曝光盘点近年十大人肉搜索事件 [DB/OL].（2015-5-17）.[2019-3-28]. http://www.gs.xinhuanet.com/news/2015-05/07/c_1 115204372.htm.

重大校园惨案才可能发生。同样，现代新式武器、化学武器的使用，以报复为目的的恐怖主义、宗教主义甚至战争，随时都可能造成大规模的人员伤亡。

简而言之，报复存在于每一个时代，时代变迁，科技进步、互联网传播，这些特点也不可避免地会给报复带来新的特点。

第三节　报复的功效

毋庸置疑，报复的后果是伤害、死亡，甚至是毁灭性的灾难。这也就是“报复疾病模型”盛行的原因，报复经常成为灭门案件、血亲仇杀、恐怖主义、极端宗教主义甚至战争的根源，我们将报复等同于瘟疫、病毒，可见其破坏性和传染性之大。其破坏性除了针对被报复的对象，报复者本人所受到的伤害和痛苦也不容忽视。

既然报复会给人类带来各种灾难，报复者身心皆受到损害，即使成功报复也难以获得持久的快乐，那么报复为何会从始至今伴随人类历史，一刻也未曾消失过？

一、报复是进化的产物[1]

报复在今天看来，似乎是种种灾难的元凶，但它却是人类祖先为解决生存、繁衍问题，适应环境，通过一代代的选择、进化而来的结果。

为何如此“适应不良”的行为却是适应环境的产物

[1] Li Jie. Evolution Theory of Law：from Retaliation to Criminal Law[J]. Science Frontiers，2015（8）：91-100.

呢？报复适应的环境是人类祖先生存的环境，与今天的生存环境有很大的差异，它是小社会团体的环境，人与人之间多靠血缘、亲缘连接，社会分工不高，交流方式不发达，部落之间相互隔离、敌对。

要理解报复是“进化”的产物，需要首先明确它究竟帮助人类祖先解决了哪些适应问题，克服了哪些生存上的难题。McCullough 指出报复的三个适应性作用：阻止侵犯者再次侵犯；威慑潜在的侵犯者；促使“搭便车”（坐享其成）者的合作。[1]

一是阻止侵犯者再次侵犯。我们如何避免遭受同一个侵犯者的再次侵犯？最有效的办法可能是永远不再接触这个侵犯者。如果我们愿意，这在现代社会并不难做到，我们可以换手机号码，换工作，甚至搬离居住地。虽然代价可能也会很大，但是一般情况下并不会威胁我们的生存。然而，在原始社会，这对我们的祖先来说事关生死。原始社会，个体依附于族群而生活，如果想断绝与该侵犯者的联系（通常侵犯发生在族群内），只有远离族群，而远离族群则意味着寻觅食物困难、居无定所，以及被随时出现的猛兽袭击，这种远离是一种流放，往往需要付出生命的代价，所以现代社会可行的远离策略在原始社会行不通。

我们的祖先选择了更简单、更有效的办法：报复。原始社会，侵犯者主要来源于族群内部，多以资源为目的进行侵犯，如食物、工具、配偶等，当祖先采取报复策略时，

[1] Flannelly K J. Beyond Revenge：The Evolution of the Forgiveness Instinct（Hardcover）[J]. Journal of Health Care Chaplaincy，2008，15（1）：49-61.

侵犯者的获利将锐减，甚至得不偿失，从而有效减小再次侵犯的可能性。试想那些不采用报复策略的人类祖先，他们在一次丧失资源后，没有反击，侵犯者在他那里获得好处而全无代价，这只会激励侵犯者再次从他那里掠夺资源。

报复作为一种稳定的进化策略，在现代社会依然有阻止侵犯者再次侵犯的作用。30 多年前，社会心理学家 Diamond[1]做过这样一个实验：男性大学生参加一门课程学习，课程结束后提交论文，助教给予非常低的分数和侮辱性的评价。一天后，学生进入实验室，完成对助教的电击实验。实验组告诉被试电击助教后需要交换角色，控制组没有说明，结果未告知需要转换角色的控制组施加的电击程度显著高于实验组。博弈游戏实验也发现，当告诉被试者需要进行多轮游戏时，被试者对对手表现出更多的“合作”，而“竞争”（侵犯对方利益）的可能性大大减小。这说明现代社会中，人们对报复的畏惧，依然可以有效抑制侵犯行为。

报复的第二个功能是威慑潜在的侵犯者，它对帮助人类祖先解决生存问题更为重要。人类祖先是群居的，个体对于群体内的其他成员是没有什么秘密可言的。一旦发生侵害事件，受害者如何反馈，其他成员可以清楚地观察到。设想，人类祖先族群内部有侵害发生时，如果被害者不予以报复，而是逃避或沉默，除了让侵害者轻易获得好处（资源）外，也给族群内其他成员一个信息：他是好欺负

[1] Diamond，Stephen R. The Effect of Fear on the Aggressive Responses of Anger Aroused and Revenge Motivated Subjects[J]. The Journal of Psychology，1977，95（2）：185-188.

的，可以轻易从这里获得好处。这样的信号是致命的，受害者个体将在侵害事件后，受到来自群体其他成员的各种侵害。反之，如果受害者给予侵害者报复，无论报复的结果如何，他向群体成员传达出另一种信息：我不是好惹的。这样的报复威慑了潜在的侵害者，他们不敢轻易招惹被害者，所以，从长远来看，奋不顾身的报复实际上是一种自我保护策略，它让侵犯者和潜在的侵犯者停手。

报复向他人传达信息的作用在一些实验中得到验证，社会心理学家发现，在他人在场的情况下，报复行为会比独自在场时更严重，尤其是受害者知道在场的观察者认为他弱小或者正在经历不公平对待时。[1] 而日常生活中，我们也常常能观察到这样的现象，在有第三人在场的情况下，吵架的双方都显得更为强势，冲突更容易升级，出现“越劝吵得越凶”的现象。

报复的威慑功能在现代社会主要体现在亚文化群体中，以黑社会、社团为代表。在这样的亚文化群体中，缺少主流文化的社会规范、法律认同和价值导向，他们建立起一套适用于小群体内部的行为准则。他们需要通过武力、胆量、勇气来彰显力量，赢得其他成员的尊重，获得“江湖地位”，从而获取更多的资源。所以，如何获得“尊重”对于个体在这种团体内的生存至关重要，他们将“尊重”“名声”“荣誉”看得至关重要，而硬气、斗狠、睚眦必报则成为重要的行为准则。一名以贩卖毒品为生的非裔美国人

[1] Flannelly K J. Beyond Revenge : The Evolution of the Forgiveness Instinct（Hardcover）[J]. Journal of Health Care Chaplaincy，2008，15（1）：52.

Stub，杀害了曾经抢劫、枪击过他的人，他用他的逻辑解释原因："如果我不报复，其他人就会说（Stub）是个废物，任何人都能让（Stub）去吃屎……所以，人们就会知道，别惹我，（因为我的）名声在外。"[1] 美国大法官波斯纳利用经济学方法分析报复的根源，也认为"威慑可能是一个动机。受害者或他的亲属关系群体对此刻的枉行实行报复的气势也许会影响未来他人侵略他们的概率"[2]。

报复的第三个功能在于促使"搭便车者"进行合作。搭便车（free riders）由美国经济学家曼柯·奥尔逊于 1965 年提出，基本含义是不付成本而坐享他人之利。[3] 报复促进"搭便车者"合作，对于人类祖先而言，可以形成大规模的合作群体，共同应对自然界和其他群体对他们生存威胁，可以确保族群基因的有效保存。反之，如果没有报复策略，"搭便车者"相对于其他合作者，不用付出劳动，便可坐享其成，并且不受到惩罚，那么"搭便车者"便会越来越多，最后甚至没有人愿意付出努力进行分工、合作，整个族群的生存与发展都岌岌可危。

---

[1] Topalli，V，R. Fornango，Wright R. Drug Dealers，Robbery and Retaliation. Vulnerability，Deterrence and the Contagion of Violence[J]. British Journal of Criminology，2008，42（2）：337-351.

[2] 波斯纳 . 正义的经济学 [M]. 苏力，译 . 北京：中国政法大学出版社，2002：215-216.

[3] 百度百科：搭便车 [DB/OL].（2015-6-4）.[2019-3-5].http://baike.baidu.com/link?url=SDyGkBjyzdZhxOkj2ULWZAZmc8zaYc471dpOwAojm5ZCWgFJtOBch4CWDZDUvTP47TpVpCHy56Y7RVglBAZKBq.

二、报复的社会功能

报复的社会功能主要包括以下两条：

报复的第一个社会功能是进行道德教育，维护公平。McCullough、Bellsh、Kilpatrick 和 Johnson 于 2001 年研究表明，报复具有道德教育和维护公平的作用 。[1] 当侵犯者因其行为遭到受害者的报复，或者是路见不平的第三方替受害者出头，都在一定程度上对侵犯者和社会群体起到道德教育的作用。最为典型的是《水浒传》中的梁山好汉，他们替天行道，为弱者出头，其行为虽然时常违反法律法规，却是老百姓心目中的英雄、道德的楷模。在维护社会公平的方面，当公权力不足以保护公民的合法权利时，处在弱势的受害者一方，因为报复的存在，可以在一定程度上伸张正义，寻求公平，报复实际上是一种自我权利救济的手段。在法治社会以前，底层百姓的权利被豪强侵犯，几乎很难通过法律途径得到救济，报复的存在，为伸张正义，维护社会公平提供了一剂猛药。

报复的第二个社会功能以全体社会成员为对象，实现彼此戒备，规范行为。一旦社会成员都接受并认同侵犯的后果是遭到受害者的严厉报复，那么当他在实施侵犯行为前就会知道随之付出的代价，从而规避风险，约束自己的行为。在许多原始社会、封建社会的文化里，报复被视

---

[1] Mccullough M E，Bellah C G，Kilpatrick S D，et al. Vengefulness，Relationships with Forgiveness，Rumination，Well-Being，and the Big Five[J]. Personality & Social Psychology Bulletin，2001，27（5）：601-610.

为一种美德。以日本武家时代为例，复仇得到社会的广泛同情和赞美。武士首先向主君请辞，主君不会阻挠，并为其提供力所能及的帮助和支持，如赠与宝刀、路费，答应照顾其家人等。如果武士能成功报复归来，会受到主君的隆重欢迎，奖赏甚至加官进爵，复仇被赞扬为“武士道之花”。在中国的封建时代，人们将为父、为亲报复，视为义务，是“孝悌”之举，有仇不报之人很难容于世。

实际上，“无论哪个社会，在国权机关完备，公权力的作用可替代个人的自卫制裁之前，人们以复仇为美德，是对君主、父母、兄弟、朋友的最大义务。”[1] 在报复内化于心，作为公权力未完备时期的行为准则时，它在一定程度上减小了随意攻击、互相殴斗，财产侵犯等，“彼此戒备，不侵害他人，因为复仇不仅仅是每个人生存竞争的必要条件，同时也是保证团体治安、能共同生活、使种族和团体延绵不绝的生存条件。”[2]

可以看出，报复的社会功能，主要出现在原始社会、奴隶制社会和封建社会早期，当公权力不足以保护公民的合法权益，报复这种策略实际上扮演了规范人们行为，道德指引，维护社会公平、稳定的角色。

---

[1] 穗积陈重．复仇与法律 [M]. 曾玉婷，魏磊杰，译．北京：中国法制出版社，2013：30.

[2] 穗积陈重．复仇与法律 [M]. 曾玉婷，魏磊杰，译．北京：中国法制出版社，2013：30.

三、报复的个体功能

报复对于受害者而言，分为身体上的功能和心理上的功能，身体上的功能主要是报复对个体生存与发展的保全作用，心理上的自我保护功能则主要体现为：减轻痛苦（Frijda，1994）[1]、恢复自尊（Fitness，2001）[2]、心理平衡（McCullough，Bellsh，Kilpatrick，& Johnson，2001）[3] 以及成就感（Frijda，1994）[4]。

遭受侵害必然伴随着消极情绪体验，受害者痛苦、愤怒，感受到尊严遭到严重践踏，强烈的不公平感出现。通过对侵犯者的还击，受害者感受到自己重新掌控局势甚至掌控自己的人生，由于这种控制感的提升，逐步恢复自尊和自

[1] Frijda N H. The lex talionis：On vengeance. In S. H.M. van Goozen，N. E. Van de Pool，& J. A. Sergeant（Eds.），Emotions：Essays on emotion theory（1994：263–289）. Hillsdale，New Jersey：Lawrence Erlbaum Associates.

[2] Fitness J. Betrayal，Rejection，Revenge and Forgiveness：an Interpersonal Script Approach[J]. New York Oxford University Press，2001：73-103.

[3] Mccullough M E，Bellah C G，Kilpatrick S D，et al. Vengefulness，Relationships with Forgiveness，Rumination，Well-Being，and the Big Five[J]. Personality & Social Psychology Bulletin，2001，27（5）：601-610.

[4] Frijda，N. H.（1994）. The lex talionis：On vengeance. In S. H.M. van Goozen，N. E. Van de Pool，& J. A. Sergeant（Eds.），Emotions：Essays on emotion theory（pp. 263–289）.Hillsdale，New Jersey：Lawrence Erlbaum Associates.

信，如果成功报复，看到侵害者遭受痛苦，为自己曾经受到的伤害行为付出代价，受害者的心理恢复平衡，感到痛快，体验到积极情绪，从而痛苦减轻，甚至体验到成就感。

但是，也有研究指出这种痛快只是暂时的，由于受害者将注意力集中在侵犯者身上，他们往往容易陷入反复沉思，长期来看，报复并不能帮助他们从痛苦中解脱出来。

第四节　报复向刑法的进化

我们从报复的功效，尤其是社会功能可以看出，其在原始社会、奴隶社会以及封建社会早期，报复有着规范行为、指引道德、维护公平、稳定社会的作用，而这些作用在现代法治社会主要由法律实现，那么报复与法律究竟有什么内在联系呢？

19 世纪英国著名刑法史学家詹姆斯·斯蒂芬（James Stephen）曾经指出："报复情感之于刑法与性欲之于婚姻具有同样重要的关系。"[1] 在刑法初创时期，随处可见报复、同态复仇的烙印，如《汉谟拉比法典》规定，对打断骨头、伤害眼睛、打掉牙齿的人，处以折断其骨、伤害其眼、损害其齿的刑罚。又如，罗马《十二铜表法》第八表："凡故意伤人肢体而又未能取得调解时，则伤人者也需受到同样的伤害"[2]。刑法初创之时，报复与法律的关系如此紧密，以至于"日本学者牧野英一将刑罚草创时代称为'复仇时

[1] 梁根林．公众认同、政治抉择与死刑控制 [J]. 法学研究，2004，（4）：15-27.

[2] 百度百科：十二铜表法 [DB/OL].http://baike.baidu.com/view/60967.htm. 2015-6-6.

代’”[1]。直到今天，虽然同态复仇和同害复仇的思想已被鄙弃，但刑法中仍能寻觅到报复动机的痕迹，死刑制度就是最突出的表现，“由国家代表被害人对犯罪人进行的杀人仍然是以复仇为内在冲动，以公正报应为价值追求的。”[2]虽然报复与刑法有着千丝万缕的关系，但是二者又是决不能混为一谈的，他们甚至直接排斥。刑法禁止报复，因为报复实际是一种新的侵害。用刑法进化论的思想来说，刑法是报复进化的产物。报复如何进化为刑法，日本已故法学家穗积陈重在《刑法进化论》[3]中将其划分为四个阶段：复仇时期、复仇限制时期、赔偿时期和刑罚时期。

一、复仇时期

复仇时期包括原始社会、奴隶社会以及封建社会早期，几乎所有文化下的人类群体均经历过复仇时期。这一时期，公权力尚未建立、健全，人类群体、个体为了自身的生存与繁衍，广泛使用报复，并且将报复视为美德。

中华文化认为“父之仇弗与共戴天，兄弟之仇不反兵，交游之仇不同国”，日本文化将复仇视为无上美德，将其誉为“武士道之花”。西方文化同样推崇报复，希腊神话将为

[1] 邱兴隆．从复仇到该当：报应刑的生命路程 [J]. 法律科学（西北政法大学学报），2000（2）：83-91.

[2] 梁根林．公众认同、政治抉择与死刑控制 [J]. 法学研究，2004，（4）：15-27.

[3] 穗积陈重．复仇与法律 [M]. 曾玉婷，魏磊杰，译．北京：中国法制出版社，2013：118-129.

荣誉、朋友复仇的神视为英雄；在澳大利亚等国，有杀父（母）之仇而不报的，妻子会离弃，朋友将厌弃，无法立足于世。可见，报复在复仇时期，既是内化于心的道德规范，也是外化于行的行为准则。

报复这种无上美德地位的动摇，出现在封建社会早期。以中国为例，唐朝武则天时期的徐元庆案件成为重要的标志性事件。徐元庆为报父仇，杀害官员，究竟应该表彰其孝悌，还是将其绳之于法？这引起了当时乃至后世有识之士的广泛讨论。当时的左拾遗陈子昂主张调和礼与法的冲突，先按照法律判处死刑，再在他死后表彰其孝道，最后武则天接受了这种建议。然而后世对于此的争论并不休止，以柳宗元为代表的遵守传统礼教的封建士大夫认为复仇是传统，还援引《春秋公羊传》“父不受诛，子复仇可也；父受诛，子复仇，此推刃之道，复仇不除害”，王安石则认为复仇乃是乱世之道，因为诸侯分立，受到侵害无处申诉，复仇是必然选择，但是到了和平盛世，有了申述的地方，则不应该再选择报复。王安石的观点颇受日本刑法进化论学者穗积陈重的认同，认为其“着实是至理名言”[1]，“那些不顾时代进步，仍坚守复仇传统的中国古代学者，认为复仇需要保留，就如同人类直立行走后还需保留尾巴，很是迂腐。”[2]

[1] 穗积陈重 . 复仇与法律 [M]. 曾玉婷，魏磊杰，译 . 北京：中国法制出版社，2013：120.

[2] 穗积陈重 . 复仇与法律 [M]. 曾玉婷，魏磊杰，译 . 北京：中国法制出版社，2013：120.

二、复仇限制时期

复仇限制时期主要指封建社会的早期至中期。随着社会的不断进步，人们越发意识到不加限制的报复，会带来可怕的后果。于个人而言，或许只是因为亲戚的错误而白白丢掉自己的性命，非常不公平；于社会而言，这种不断升级的新的侵害必然导致不稳定。于是，对报复进行限制成为趋势。

对复仇的限制，首先体现在复仇双方和伤害程度上的限定。复仇者从最初不加限制的部落成员，到亲友间，再到直系亲子、夫妻间，报复对象从最初的同族人，到家庭成员，再到不伤害妇孺，最后发展成侵害者本人。伤害程度上也逐渐发展为同态或者同害复仇。

另一对复仇限制的办法是复仇需要得到公允。得到政府允许的复仇，便不需追究责任，而私自报复则遭到禁止。一般而言，受害者可以将自己遭受侵害的事情原委向政府申述，政府判定是非曲直，如果认为受害者确实遭到不公平对待，则授权其进行报复。实际上，政府已经完成了法律中的判决部分，而将执行让渡于被害人。有时，鉴于古代通讯不发达，寻找侵犯者并不是一件容易的事，公家对不在其管辖范围内或者不易寻找到的侵害人，也给予被害人自由报复的权利。

在西方文化中，这一时期开始出现避难地用以限制报仇。一般神庙、教堂，或者大祭司、长老的居住地作为神圣不可侵犯的避难地，罗马、埃及、英国等地设立避难城或避难所，侵犯者一旦逃到这些地方，受害人将不得报复。

这些避难地一方面保全了侵犯者的性命，尤其是过失犯，另一方面也以监禁的方式惩罚了侵犯者，让他们没有机会再伤害被害者，因为一旦他们逃离避难所，将不再受保护，受害者可以对其进行报复。

三、赔偿时期

复仇的赔偿时期比较特别，它是伴随着商品经济的发展，尤其是货币的出现而产生的。但是不同文化又有很大差异，东方文化中不存在复仇的赔偿时期，而以赔偿替代杀戮式的报复在西方文化中比较盛行，尤其是一些小岛屿的部落文化中，甚至出现任何侵害都可以用货币赔偿的时期。如《萨利克法典》有赔命价的规定，根据被害人的身份、性别、年龄等区别，金额也会有所不同。[1] 在苏门答腊岛上的勒姜族，直到今天，那里的罪犯通通可通过支付金钱的方式进行赎罪。[2]

赔偿时期从出现、盛行再到规范化大致经历了三个阶段。穗积陈重将其归纳为被害者可自由选择是否接受赔偿阶段、被害者有义务接受赔偿阶段和法律规定了赔偿的额度。[3] 可见，随着生产力的发展，人们逐渐意识到报复虽

[1] 穗积陈重．复仇与法律 [M]. 曾玉婷，魏磊杰，译．北京：中国法制出版社，2013：80.
[2] 穗积陈重．复仇与法律 [M]. 曾玉婷，魏磊杰，译．北京：中国法制出版社，2013：80.
[3] 穗积陈重．复仇与法律 [M]. 曾玉婷，魏磊杰，译．北京：中国法制出版社，2013：122.

然可以发泄愤怒，但是其难度、付出的代价与资源上的收益不成比例，于是开始私下商定是否接受赔偿，赔偿的额度完全由双方当事人自行决定。然后，部落、国家等公权力开始介入赔偿，规定被害人有义务接受赔偿，而不是私自报复，最后到赔偿的内容、价格逐渐规范化，有了统一的参考标准。

用赔偿作为救济的第一手段，来替代报复，是人类社会的一大进步，也是私权利让渡公权力的良好开端。但在东方文化中，赔偿的时期并没有出现，这与东方文化重视孝悌，小农经济，轻视经济，以及寻求一报还一报的思想息息相关。不仅世俗观点认为有仇不报，接受钱财，枉为人，国家也明令禁止这种行为，“诸祖父母、父母及夫，为人所杀，私和者，流二千里。其亲徒二年半。”[1] 可能正是由于这样的观念，以赔偿为代表的现代法治的理念，难以渗透东方文化中，直至今日，东方文化尤其是我国普遍对于刑事和解的拒绝，认为是“以钱买刑”，公众的言论和态度，更是让被害者（家属）不敢接受赔偿。

然而随着赔偿制度的盛行，人们也逐渐意识到，有的侵害或罪行如果仅仅用赔偿来解决，似乎不足以惩罚侵害者，不足以平息受害者（家属）的愤怒，如果受害方不心甘情愿地接受赔偿，那么他们在合适的时机还是会选择私下报复。于是，出现了可赎之罪和不可赎之罪的划分，可赎之罪通常是过失的、轻微的、财产类型的伤害，而不可

---

[1] 穗积陈重 . 复仇与法律 [M]. 曾玉婷，魏磊杰，译 . 北京：中国法制出版社，2013：9.

赎之罪主要包括亵渎神灵、叛变君主和国家、谋杀、抢劫、强奸等，这也就逐步开启了刑罚替代赔偿的时代。

四、刑罚时期

刑罚时期的出现有其客观原因，一方面报复被严格限制导致复仇成功的概率大大减小，当复仇者势单力薄不足以实施报复，却需要伸张冤屈时必然需要求助于统治者，需要公权力的救济；另一方面，统治者认识到复仇带来极大的隐患，很可能危及社会稳定，动摇其统治，他们需要禁止复仇，而将报复的权力集中在自己手上，用公权力代替私权利，以国家或君主的身份代替受害者向犯罪者报复。同时，赔偿制度的日益规范化，尤其是可赎之罪和不可赎之罪的划分也为刑罚时期的到来奠定了基础。

刑罚出现初期，最主要的表现是近乎机械的反坐法，用刑罚的形式严格地遵守以牙还牙，以眼还眼。有时，这种反坐法让刑罚显得非常残酷，甚至出现令人哭笑不得的情形。例如，埃塞俄比亚之法，某妇女有两个孩子，其中一个在树下玩耍，邻居家的孩子在树上玩耍不慎摔下将其砸死，法院判决："让该妇人的另一个孩子爬到树上，然后跳下来砸死邻居的孩子。"[1] 为何刑罚需要如此严酷，如此严格遵守反坐法？刑罚严酷的原因在于，刑罚刚刚取代报复、赔偿，要想持续有效地存在下去，需要人们相信、信

---

[1] 穗积陈重 . 复仇与法律 [M]. 曾玉婷，魏磊杰，译 . 北京：中国法制出版社，2013：127.

任它。只有当受害人看到刑罚替代自己，向犯罪人实施的惩罚甚至比私自报复更严重时，他才会坚定对刑罚的信任。而严格遵守反坐法，一方面是报复对等性传统的要求，另一方面也体现了刑罚的公正性，让双方当事人都不可置疑他的公正性和权威性。

简单来说，最早报复作为美德，是公民的义务和行为准则，随后报复被逐渐限制，出现了赔偿，而后赔偿也被限制，出现可赎之罪和非可赎之罪，直到刑罚的出现，以其残酷性和严格执行反坐法，获得人们的信赖和依赖，最后成为指导人们行为最重要，最具国家强制力的法则。可见，最初单纯的报复，经过上万年的演变，经历过各个时代的更迭，逐渐进化出刑法的形式。需要指出的是，刑法产生后，进化仍在继续，相继产生了报应论、该当论、恢复性司法等理念，这些理念也在不同时期、不同意识形态国家的法律中占据不同地位。

第二章
惩罚策略

第一节　惩罚的含义

惩罚，是一种恶，还是一种善？

一、惩罚的定义

什么是惩罚？“惩罚是一系列的复杂的相互联系的过程和制度，而不是一个始终如一、保持不变的对象或事件。”[1]福柯指出惩罚即规训，惩罚的对象应是犯罪人的思想，“一个愚蠢的君主会用铁链对他的奴隶进行控制，但一个真正的政治家会用思想链条对其进行控制，而这种控制会更加有力。”[2]

《现代汉语词典》将“惩”解释为“处罚”“警戒”；将“罚”解释为“处罚”[3]，《辞海》将“惩”解释为“戒止”“惩罚”；将“罚”解释为“处分犯罪或犯规的人”，

[1] Gland.（1995）. Punishment and Modern Society[M]. Oxford：Clarendon Press，P.16.

[2] Foucault.（1995：16）.Discipline and Punish：The Birth of the Prison[J]. Allen Lane，1982：102.

[3] 中国社会科学院语言研究所词典室 . 现代汉语词典（第 6 版）[M]. 北京：商务印书馆，2013：170，352，754，1086，1600.

将“惩罚”视为“惩戒”的同义词，即“惩罚过错，警戒将来”[1]。从以上两种对“惩罚”的语义定义可以看出，惩罚有两种价值导向，既是对过去行为的“报应”，也是对未来行为的“警戒”或“威慑”。

《法律词典》认为，一种惩罚的行为或方法，是针对违法行为而做出的刑罚，惩罚被界定为引起痛苦或报应。[2]《牛津法律大辞典》认为，惩罚指享有合法惩罚权的人使他人遭受某种痛苦、折磨、损失、资格丧失或其他损害，现代社会一般限于某种违反刑法行为的后果，也可由家长或教师作为一种惩戒手段适用于儿童。[3]

《心理学大辞典》认为，惩罚是学习理论的术语，一种行为发生后随即出现厌恶事件，导致该行为出现率下降的训练程序。[4]

沃克尔[5]在1991年对惩罚的含义进行规范性研究，总结出惩罚具有七个特征：惩罚的施加者认为施加的行为是对受罚者不利的，如痛苦、屈辱等；惩罚是施加者故意为之；在社会其他成员看来，施加者具有这种权利来施加惩

[1] 辞海委员会 . 辞海 . [M]. 上海：上海辞书出版社，1979：3653，3857.

[2] T P Mukherjee，K K Singh.（1989）. The Law Lexicon.Central Law Agency.

[3] David M Walker.The Oxford Companion to Law[M].Oxford：Clarendon Press，1980.

[4] 林崇德，杨治良，黄希庭 . 心理学大辞典 [M]. 上海：上海教育出版社，2003：236.

[5] Nigel Walker. Why Punish? [M]. Oxford：Oxford University Press，1991：1- 2.

罚；惩罚的理由是受罚者之前的某个行为；该行为是受罚者自由意志的行为；惩罚实施者的理由必须正当；判断某个行为是否是惩罚，取决于施加者的认知，而不考虑受罚者的认知。

基于词典、学者的定义和对惩罚特征的归纳，我们认为，惩罚是享有惩罚权的人，基于被惩罚者先前的行为，对其身体或精神进行损害，让其感受到痛苦、折磨和损失，意欲让受罚者不再出现该受罚行为。常见的惩罚行为多出现在家长对孩子、教师对学生、领导对下属以及现代社会法律中的惩罚。

二、惩罚与报复的关系

惩罚与报复关系密切，常常容易混淆。常有学者用其中一个对另一个进行概念解释，如“报复是为了补偿自己所受的伤害和侮辱，而对他人进行惩罚或伤害”[1]，“复仇的对象主要限于同族人，包括侵害者本人，其目的不是遏制侵害，实质上是对侵害行为的惩罚”[2]等。惩罚与报复的共同点有四点：首先，二者都是有因行为，报复的前因是之前的侵害行为，惩罚的前因是之前的错误行为，而侵害行

[1] Mccullough M E，Bellah C G，Kilpatrick S D，et al. Vengefulness，Relationships with Forgiveness，Rumination，Well-Being，and the Big Five[J]. Personality & Social Psychology Bulletin，2001，27（5）：601-610.

[2] 李恩洁，凤四海 . 报复的理论模型及相关因素 [J]. 心理科学进展，2010（10）：1644-1652.

为与错误行为，又多有融合；其次，二者都会给行为对象带来伤害、痛苦和折磨；再次，二者都是施加者的有意为之，他们故意实施这种行为，以追求行为对象的身体或精神损害；最后，二者在客观上都有威慑行为对象，遏制其侵害或错误行为再次出现的作用。

但是报复和惩罚又是不同的，其表现如下：(1）行为主体与客体的地位不同。报复的主客体地位平等，因其只受传统、风俗的影响，不受法律的制约，任何个体和团体均可以向其他个体或团体甚至国家报复，而惩罚的主客体地位不平等，有惩罚权一说。只有在地位上高于行为客体的主体才有惩罚权，日常生活中享有惩罚权的多是家长对孩子，教师对学生，古代社会以君主为代表的统治阶级对百姓享有惩罚权，而在现代法治社会法律主体对公民享有惩罚权。(2）第三方是否介入。报复虽然也存在“路见不平”式的第三方介入的情形，但报复双方主要为受害者和侵犯者；而惩罚的主体，往往并不是行为的直接受害者，他们以权威或公权力的身份替代受害者对错误行为者实施让其痛苦的行为。(3）二者情感上的差异。“报复的情感来源于自己或他人受到的伤害，而惩罚性情感则是公平的、无偏私的。这种报复性情感是愤怒，而惩罚性情感则是愤恨。”[1]（4）二者伤害程度受到的限制不同。由于报复是私力救济，愤怒情感驱动下，常常会做出非理性的行为，造成毁灭性的后果；而惩罚是公力救济，是基于某些规则做出的，表现在法律上需要做到罪刑罚相当，前后具有一致

[1] 王立峰. 惩罚的哲理 [M]. 北京：清华大学出版社，2013：14.

性。（5）二者的侧重面不同。报复更倾向于对结果和目的的追求，尤其表现在对侵犯者身体和精神上的折磨，侵犯者越是遭受痛苦，报复者越能从这种痛苦中体会到复仇的快乐；而惩罚更倾向于将其作为一种手段，通过惩罚的手段达到矫正枉行的目的。（6）二者涵盖内容的丰富程度有差别。报复涵盖的内容更丰富，常将情绪、动机、行为、结果交织在一起，而惩罚偏重行为方面。

实际上，由于报复和惩罚在行为成因，实施手段和造成结果方面的相似性，将二者区分开来并不容易。本书主要探索被害者的策略对再次侵犯的影响，所以，这里界定的报复主要是私力性的救济，个体私下报复，而惩罚则是寻求公力性的救济，以寻求法律上的公正处理为代表。

第二节　不同学科视角下的惩罚

为什么要有惩罚？惩罚的正当性何在？惩罚的目的何在？惩罚的后果是什么？法哲学、心理学都对这些问题有过论述。

一、法哲学视角下的功利主义的惩罚

功利主义对惩罚的观点根据是否将功利原则直接运用于具体行为，分为行为功利主义（act utilitarianism）和规则功利主义（rule utilitarianism），代表人物分别为边沁和罗尔斯。

边沁的行为功利主义认为："自然把人类置于两位主公——快乐和痛苦的主宰之下。只有它们才指示我们应当干什么，决定我们将要干什么。是非标准，因果联系，俱由其定夺。"[1] 人是趋利避害的动物，快乐是唯一内在的善，痛苦是唯一内在的恶，人要想获得幸福就要尽可能多地获得快乐，而尽可能少地获得痛苦。边沁认为快乐和痛苦是

[1] 边沁．道德与立法原理导论 [M]. 时殷弘，译．北京：商务印书馆，2000：57.

可以量化的，一个人的幸福程度便是快乐的总量减去痛苦的总量。人是社会的人，一个人在获得快乐或痛苦的同时，会不可避免地给他人带来不同量的快乐和痛苦，所以他推导出道德上的正当性，是在总量上给全体社会成员带来快乐、幸福，也就是为人类谋福祉。

行为功利主义者认为惩罚本身是一种恶，因为它会给受罚者带去痛苦，边沁认为惩罚之恶包括五种：强制之恶、刑罚产生之苦、恐惧之恶、错误控告之恶以及衍化之恶。[1] 但是允许惩罚的存在，或者说惩罚的最主要作用是，“因为惩罚可以排除某种更大的恶”[2]。可以通过惩罚这种形式，剥夺犯罪人通过犯罪获得的收益和快乐，从而威慑其不再犯罪，“难道有这样愚蠢的人，除了因徒劳的尝试而蒙羞外，肯定一无所获却仍然冒险去犯罪？”[3]。

正是由于惩罚是以恶止恶，所以惩罚的量要格外注意，如果惩罚的“恶”过小，就不足以止恶，不能威慑犯罪，如果惩罚的“恶”过大，就会产生新的不必要的“恶”，“如果刑罚之恶超过罪行之恶，立法者就是制造更大的痛苦，而不是防止痛苦，是以较大恶之代价来消除较小恶”[4]，所以，

---

[1] 边沁．立法理论——刑法典原理 [M]. 孙力，等译．北京：中国人民公安大学出版社，1993：67.

[2] 边沁．道德与立法原理导论 [M]. 时殷弘，译．北京：商务印书馆，2000：57，216.

[3] 边沁．立法理论——刑法典原理 [M]. 孙力，等译．北京：中国人民公安大学出版社，1993：69.

[4] 边沁．立法理论——刑法典原理 [M]. 孙力，等译．北京：中国人民公安大学出版社，1993：67.

惩罚的量需要刚好足以抵过犯罪人获益的“善”，而又足以威慑犯罪。

惩罚的首要作用在于对具体枉行人的威慑，也称为特殊预防。惩罚剥夺枉行者的行为收益，让其痛苦、受折磨，让他们意识到不会从错误行为中获得好处，得到快乐，惩罚会将其剥夺，通过这样的亲身经历，不敢再犯同样的错误。

惩罚的第二个作用在于剥夺能力，主要针对罪犯的犯罪能力。通过监禁将犯罪人和社会隔离开来，从而让其侵害社会成为不可能。生物治疗、化学阉割、具体脑区破坏等生物医学手段，也是希望通过剥夺犯罪人某些方面异常的能力，来减少犯罪，但从伦理和人道主义角度上来看还存在争议。

惩罚的第三个作用在于道德教育，也称为改造或矫治。通过惩罚来改变行为人的不良品德，监狱系统通过强制性的矫治项目训练，希望犯罪人掌握控制情绪、人际交往的技能，改变不良认知，从而不愿再犯罪。

惩罚对个体的作用从不敢、不能到不愿再做枉行，而对范围更广的一般群体的作用在于一般威慑，也称为一般预防。惩罚通过展示其示范效应，让社会一般成员在枉行者身上看到为错误行为付出的代价，担心这些痛苦也将出现在自己的身上，从而放弃恶行。行为功利主义者尤其重视一般威慑的作用。他们认为，通过惩罚某一个或某一些犯罪人（小恶），减少了很多潜在犯罪行为（大恶），从而促使社会上大多数人的幸福（大善）。

由于行为功利主义以恶止恶的思想，要求惩罚之恶受到严格控制。边沁为此提出惩罚的十三个原则[1]，这十三条惩罚原则主要围绕着如何给惩罚定量，让其稍高于犯罪的恶，而又不至于太过，对不同程度危害的犯罪、不同的罪行、不同的个体施以不同量的惩罚，才能达到社会功利最大化。

对边沁行为功利主义的批评主要集中在对恶与善的量以及惩罚无辜者上。边沁认为快乐和痛苦可以量化，为了达到社会整体幸福最大化，可以使用惩罚这种“恶”，而惩罚是要对枉行者施加痛苦的量稍高于其在枉行中获得快乐的量，从而威慑枉行者不再犯。然而批评者质疑快乐和痛苦如何量化，不同性质的快乐、痛苦如何可比（边沁认为只有量的差别，没有质的区别），如何做到施加的痛苦的量稍高于犯罪获得快乐的量，如何比较和界定不同罪行恶在量上的差别，从而制定不同的惩罚。

对于惩罚无辜者，批评声更强烈。按照行为功利主义的原则，如果通过惩罚某个无辜者，能给整个社会带来巨大的好处，如威慑潜在罪犯、维护社会稳定等，那么似乎没有理由不这么做。哲学论证中，人们经常举这样的例子：在美国南方种族歧视严重的小镇上，一个白人女孩被黑人强奸了，白人聚集在一起，愤怒的情绪互相感染，他们要找黑人进行报复，随时可能造成暴乱。这时法官如果逮捕一名黑人，陷害他并判他死刑，便可以平息白人群体的愤怒，从而化解一场暴乱，甚至挽救不少黑人的生命。那么

[1] 边沁 . 立法理论——刑法典原理 [M]. 孙力，等译 . 北京：中国人民公安大学出版社，1993.

法官是否应该判处某个黑人无辜者以死刑呢？惩罚无辜者不是错误的么？

行为功利主义者对此也有自己的反驳，他们认为，惩罚无辜者带给社会的负效应是巨大的，当时给社会带来的善，并不足以抵过其对社会产生的长久的恶，因为没人知道自己会不会是下一个无辜者，人们对所在国家和社会丧失信任感和安全感。但是批评者反问到，如果诬陷、惩罚无辜者是秘密进行，不败露，人民不知道呢？

行为功利主义者，把惩罚看作手段，甚至犯罪人也是手段，都是为了最大多数人的幸福，都是为了社会功利最大化，在是否应该将无辜者也作为手段上，存在解释不清的弊端。

规则功利主义区别于行为功利主义在于前者将功利主义原则运用于惩罚制度，不运用于具体行为，而后者将功利主义运用于每一个具体行为中。

功利主义和报应主义在对惩罚的看法上截然不同，简言之功利主义认为惩罚是为了威慑，对整个社会的将来有利；而报应主义认为，惩罚是由于之前的恶性应当受罚，在道德上正义。可以看出，前者关注点在未来，后者关注点在当下。罗尔斯通过对惩罚进行制度层面和实践层面的划分，试图调和功利主义和报应主义的矛盾。

罗尔斯认为，在制度层面上的惩罚应该是功利主义的，国家在制定惩罚制度时，其目的在于威慑，让最大多数人的幸福最大化，从而要求所制定的规则（法律）需要深思熟虑，充分参考边沁的惩罚规则，确保犯罪人威慑于惩罚，在重罪与轻罪中选择后者，在罪与非罪中选择后者。而在惩罚的实践层面上应该是报应主义的，在具体案件时，法官决定惩罚某一犯罪人，并不需要考虑惩罚的威慑作用，而只需知道他因为恶行应当受到惩罚，在参照既定的具体的惩罚规则（法律）下，对犯罪人处以他应得的惩罚。罗尔斯将制度与实践层面上的惩罚作为对立法者与法官不同角色的要求，立法者需要从功利主义角度制定惩罚制度（法律），即以功利来判断规则，法官需要从报应主义角度应用惩罚制度（法律），即以规则来判断行为。

罗尔斯的惩罚观是分两个层面的：第一层面上的惩罚观在于惩罚规则制定的功利性，这一层面对于惩罚的必要性，或者称为惩罚作用的认识，它和行为功利主义一致；第二层面上的惩罚观在于惩罚实践性的报应主义，即具体案件时惩罚的正当在于遵守规则。

那么规则是什么呢？从实践来看，规则是法律法规，惩罚的正当性来自法律的正当性，因为法律是正义的，破坏他的人，即是不正义的，所以为了维护正当的法律，应该对犯罪者予以惩罚。从规则制定层面来看，又需要在功利的同时，兼顾人类历史传承下的自然法则以及道德法则，这就决定了诸如“不能惩罚无辜者”之类的规则。

虽然罗尔斯在实践性惩罚里坚持了报应主义，但是从更为根本的制度层面上坚持的是功利主义，加之其在特殊情况下对无辜者惩罚的宽容思想，“如果我们要减轻因不能根除的社会邪恶而导致的对自由的损害，并且把目标集中在环境允许的最少不正义上，那么我们有时不能不允许某些违反正义准则的情况存在”[1]，所以总的说来罗尔斯的惩罚观仍是功利主义的。

规则功利主义，因其引入制度惩罚和实践惩罚概念，可以很好地解决行为功利主义无法解释“惩罚无辜者”的困境，因为从实践层面上，无辜者没有枉行，就不可能得到惩罚，从而排除了惩罚无辜者的可能性。

但是规则功利主义也受到不少批判。首先，立法者应该遵照功利主义来制定法律，法官则应该遵守报应主义对具体案件进行判决，这种严格的区分过于理想化。在司法实践中，法官并不仅仅只是一个执行者，他有很大的自由裁量权，尤其在英美法系中，法官很有可能因为案例的判决产生“造法”的情况，所以只将法官作为着眼于当下，不考虑未来的制度执行者显然是有失偏颇的。其次，规则功利主义在制度层面上是坚持功利主义的，那么在功利主义指导下建立起的制度，如果威慑效果绝佳，社会代价合理，但是违背正义，那么是否应该采用呢？在实践中是否应该坚守呢？这也是按照规则功利主义原则，罗尔斯认为在极其特殊的情况下，“不能不允许某些违反正义准则的情况存在。”[2]

所以，对于规则功利主义的批判与行为功利主义的批判在实质上并无差别，因为其只考虑惩罚对促进社会功利性的作用，而在道德论证上不够充分，陷入有些问题难以

---

[1] 罗尔斯 . 正义论 [M]. 何怀宏，译 . 北京：中国社会科学文献出版社，1988：233.

[2] 罗尔斯 . 正义论 [M]. 何怀宏，译 . 北京：中国社会科学文献出版社，1988：233.

自圆其说或观点有失偏颇的困境。

罗尔斯在《两种规则概念》的论证时，其惩罚观是规则功利主义，而到了《正义论》的著作时，他已经转向了报应主义。

这种转变最突出的表现在于将惩罚犯罪人作为手段也是目的。功利主义将其作为手段，认为目的在于威慑，促进社会最大多数人的幸福最大化。罗尔斯在《正义论》中已转向报应主义，认为人即目的本身，“正义原则通过社会基本结构表明了人们希望相互不把对方作为手段，而只是作为自在的目的来对待的意愿”[1]，“把人作为自在的目的对待意味着至少要按照他们将在一个平等的原初状态中统一的原则来对待他们。”[2]

所以，罗尔斯在《正义论》中对于惩罚的目的和必要性，认为应当以道德为基础，源于“犯罪的本性和社会正义感的需要”[3]。惩罚的作用在于道德，在于维护正义感，在于社会公正，犯罪人只是因为其错误的罪行，而不是其他，需要受到惩罚，无需考虑其社会效应、其他社会成员的情感需求等。当然，罗尔斯并没有完全转变成纯粹的报应主义者，他的思想在很多问题上仍保留规则功利主义立场。

---

[1] 罗尔斯 . 正义论 [M]. 何怀宏，译 . 北京：中国社会科学文献出版社，1988：172.

[2] 罗尔斯 . 正义论 [M]. 何怀宏，译 . 北京：中国社会科学文献出版社，1988：172.

[3] 王立峰 . 惩罚的哲理 [M]. 北京：清华大学出版社，2013：70.

二、法哲学视角下的报应主义的惩罚

报应主义与功利主义世代对垒，其对惩罚的认识上泾渭分明，报应主义者嘲笑功利主义缺乏道德与正义，功利主义者又批判报应主义无视人类幸福。报应主义最具代表性的人物是康德和黑格尔。

康德是极端的报应主义者，他认为之所以对某个人进行惩罚，只是因为他犯了罪，而不是其他任何原因，他受到惩罚是得其应得。他在《法的形而上学原理》中这样写道：“惩罚在任何情况下，必须只是由于一个人已经犯了一种罪行才加刑于他。因为一个人绝对不应该仅仅作为一种手段去达到他人的目的。”[1] 可见，康德明确反对功利主义将惩罚、犯罪人作为手段，尊重人的自由性是第一位的。

在惩罚权上，康德认为惩罚是国家的义务和绝对权力，“刑法是一种绝对命令。”[2] 这种绝对主义要求无论何时，公民都需要为自己的言行获得应得的报应，他提出“岛离散”假设，“甚至假定有一个公民社会，经过它的所有成员的同意，决定解散这个社会，并假定这些人是住在一个海岛上，决定彼此分开散居到世界各地，可是，如果监狱里还有最后一个谋杀犯，也应该处死他以后，再执行解散的决定。应该这样做的原因是让每一个人可以认识到自己的言行有应得的报应，也认识到不应该把有血债的人留给人民。

[1] 康德 . 法的形而上学原理 [M]. 沈叔平，译 . 北京：商务印书馆，1991：164.

[2] 康德 . 法的形而上学原理 [M]. 沈叔平，译 . 北京：商务印书馆，1991：164.

如果不这样做，他们将被认为是参与了这次谋杀，是对正义的公开谋反。”[1] 这段论述成为人们批判和争议康德的焦点，也使其被归为极端报应主义者。

在惩罚对象上，康德指出惩罚一个人，除了他所犯罪行作为必要条件外，还需要行为人可以对其行为承担责任。“一种行动之所以被称为一种行为，那是由于这种行为服从责任的法则，而且，这种行为的主体也被看作当他在行使他的意志时，他有选择的自由。那个当事人（作为行动者或道德行为的行动者）通过这种行为，被看作是该行为效果的制造者。”[2] 所以，意思表示自由是行为人的行动成为行为的先决条件，也是惩罚可以施行的先决条件，由此，那些意思表示不自由的，行为有瑕疵的行为将不应该接受与完全行为能力人相同的惩罚，这就把儿童、精神病人等排除在惩罚之列。

在惩罚的量上，康德是等害报复（等量报应）的代表。“如果你偷了别人的东西，你就是偷你自己的东西；如果你打了别人，你就是打了你自己；如果你杀了别人，你就杀了你自己。”[3] 他认为只有用平等原则去实践惩罚，才能实现社会的公平与正义，并在平等原则的指导下提出惩罚的比例原则，需要考虑每个具体案件的犯罪等级、危害程度、

[1] 康德 . 法的形而上学原理 [M]. 沈叔平，译 . 北京：商务印书馆，1991：165-167.

[2] 康德 . 法的形而上学原理 [M]. 沈叔平，译 . 北京：商务印书馆，1991：26.

[3] 康德 . 法的形而上学原理 [M]. 沈叔平，译 . 北京：商务印书馆，1991：167.

犯罪人身份等，才能实现真正意义上的比例平等。他以强奸罪、鸡奸罪和兽奸罪为例，“前两种罪用阉割惩罚的刑罚，后一种犯罪则通过永远逐出文明社会来惩罚”[1]，“只有这样，如果罪犯因为自己的罪行自食其恶果，如果以其人之道还治其人之身，把他对别人犯的罪过也在他的身上施行，尽管不是按字义上，也是按照刑法精神这样做的，他才不会控告对他的不公正。”[2] 这种对严重的犯罪予以严厉的惩罚，对轻微的犯罪予以轻微的惩罚思想，让其所犯之罪与所受之刑，尽量同态，如不可行也需要等量的观点听起来理所应当，但实践起来却困难重重。首先，罪行的严重性由谁来判断，是犯罪人、受害者、社会群众还是法官，如果在实践中只能是法官，那么严重性的考量标准又是哪些呢？只是行为危害，还是也要包括人身危险性？只是肉体和财产损害，还是要包括精神损害？其次，典型的惩罚比例失当容易判断，如谋杀罪只判处有期徒刑 3 个月，而盗窃 50 元则判处终身监禁，但是对于判断究竟是过失杀人更严重还是故意强奸更严重，亦或者对抢劫判定有期徒刑 8 年，还是 9 年、10 年更能体现平等比例原则？在这些问题上，康德的惩罚原则并不能解决。

康德作为一个报应主义者，他反对惩罚的功利性么？实际上，康德认为，人之所以受惩罚，“他必须首先被发现是有罪的和可能受到惩罚的，然后才能考虑为他

[1] 康德 . 法的形而上学原理 [M]. 沈叔平，译 . 北京：商务印书馆，1991：202.

[2] 康德 . 法的形而上学原理 [M]. 沈叔平，译 . 北京：商务印书馆，1991：202.

本人或者为他的公民伙伴们，从他的惩罚中取得什么教训”[1]，可见康德在坚持惩罚正当性必须是报应主义的同时，并不反对惩罚的功利性，只是将功利性作为次于正义的位置来考虑。

需要指出的是，康德对于惩罚的研究只是基于国家对犯罪人的刑法制裁，这种惩罚观并不适用于一般性的惩罚，如家长对子女的惩罚、教师对学生的惩罚、上司对下属的惩罚以及宗教领域的惩罚等。

黑格尔运用辩证思维的论证方法，证明惩罚“是对犯罪的扬弃”[2]。“犯罪行为不是最初的东西、肯定的东西，刑罚是作为否定加于它的，相反的，它是否定的东西，所以刑罚不过是否定的否定。现在现实的法就是对那种侵害的扬弃，正是通过这一扬弃，法显示出其有效性，并证明了自己是一个必然的被中介的定在。”[3]

黑格尔认为“惩罚就是扬弃，是取消，是返回到先前的状态”[4]。那么这个先前状态如何理解呢？惩罚的目的是要返回先前状态，并不是恢复司法意义上的先前状态，侵害已经发生，损失已经造成，惩罚并不可能让犯罪人的伤痛愈合，也不可能让时间倒回，所以这里的先前状态只能

[1] 康德 . 法的形而上学原理 [M]. 沈叔平，译 . 北京：商务印书馆，1991：164.

[2] 黑格尔 . 法哲学原理 [M]. 范扬，张全泰，译 . 北京：商务印书馆，1961：100.

[3] 黑格尔 . 法哲学原理 [M]. 范扬，张全泰，译 . 北京：商务印书馆，1961：100.

[4] 王立峰 . 惩罚的哲理 [M]. 北京：清华大学出版社，2013：91.

是道德与法律上的先前状态。道德原则或者法律在犯罪行为施加以前是肯定的，犯罪对其进行了侵犯和破坏，为了让道德原则和法律的正确性得以恢复，需要通过惩罚，通过否定之否定对其恢复。

在惩罚的对象上，黑格尔同意康德惩罚有承担能力的人的观点，并进一步认为，法律对某个人进行惩罚，也是尊重其理性存在的一种表现。惩罚对犯罪人来说既是耻辱也是荣耀，耻辱是对其行为的否定，让其遭受痛苦，荣耀在于对于其作为人，一种理性存在的肯定，如果犯了罪，法律却放弃惩罚他，只能说明他的意志不自由，不具有承担责任的能力，已经不能算是理性意义上的“人”了，这才是真正的耻辱。“刑罚包含着犯人自己的法，所以处罚他，正是尊重他的理性存在。如果不从犯人行为中去寻求刑罚的概念和尺度，他就得不到这种尊重。如果单单把犯人看作应是无害的有害动物，或者以儆戒和矫正为刑罚的目的，他就更得不到这种尊重。”[1]，可见，黑格尔是明确反对将惩罚的目的定为威慑和矫正的，他认为这样“就好像对狗举起杖来，这不是对人的尊严和自由予以应有的重视，而是像狗一样对待他”[2]。

在惩罚的量上，黑格尔明确反对康德的等害报复（等量报应），“构建了被奉为近现代报应论之精髓的等价报应

[1] 黑格尔 . 法哲学原理 [M]. 范扬，张全泰，译 . 北京：商务印书馆，1961：103.

[2] 黑格尔 . 法哲学原理 [M]. 范扬，张全泰，译 . 北京：商务印书馆，1961：102.

论”[1]，他认为：“刑罚与犯罪之在质与量上的等同不是两者在外在形式或损害形态上的等同，而是两者内在价值的等同，即作为否定评价的载体的刑罚在是否发动上与犯罪的有无相对应（质的等同），以及作为评价载体的刑罚在所分配的轻重上与犯罪的轻重上相等同（量的等同）。”[2] 由此，解决了刑罚中诸如强奸罪行难以同态复仇的问题，并且黑格尔也意识到等价这一价值判断，必然会受到历史、文化、教育的影响，不可能是一成不变的，这种等价只能是相对的等价，“由于文化的进步，对犯罪的看法已经比较缓和了，今天刑罚早已不像百年以前那样严峻，犯罪或刑罚并没有变化，而是两者的关系发生了变化。”[3] 黑格尔的等价报应理论，对绝对理论的发展作出了重要贡献，并使报应理论在德国得以贯彻了至少 150 年。[4]

对于惩罚的威慑作用，黑格尔与康德一样并不反对，只是认为惩罚的功利性必须让位于报应性，以报应性为第一位。“关于作为现象的刑罚、刑罚与特种意识的关系，以及刑罚对人的表象所产生的结果（儆戒、矫正等）的种种考虑，固然应当在适当场合，尤其在考虑到刑罚方式时，

[1] 邱兴隆 . 从复仇到该当：报应刑的生命路程 [J]. 法律科学（西北政法大学学报），2000（2）：83-91.

[2] 邱兴隆 . 从复仇到该当：报应刑的生命路程 [J]. 法律科学（西北政法大学学报），2000（2）：83-91.

[3] 黑格尔 . 法哲学原理 [M]. 范扬，张全泰，译 . 北京：商务印书馆，1961：99.

[4] 王世洲 . 现代刑罚目的理论与中国的选择 [J]. 法学研究，2003（3）：107-131.

作为本质问题来考察，但是，所有这些考虑，都假定以刑罚是自在自为地正义这一点为基础。”[1] 所以，正义永远是第一位的，而对社会的效益，如威慑、矫正等只能排在第二位。

黑格尔的表述是晦涩的，思想是深刻的，他用辩证主义思想对惩罚的很多问题进行论证，其具有远见的观点让后世甚至今天的学者依然赞叹和自愧不如，王立峰评价黑格尔的思想直至今日“仍然是处在惩罚理论阵地的前沿”[2]。

报应主义把正义摆在首位，为惩罚正当性的论证提供有力的道德支持，也很好地解决了功利主义难以解决的避免让无辜者入罪的难题。但是对报应主义的批判也不少见，尤其是在报应主义复兴之前，人们认为功利主义是向前看的，是理性的、人道的，关心人民福祉的，而报应主义是向后看的，是野蛮的、残忍的，甚至和报复划等号。报应只是被修饰过的复仇，报应主义下的惩罚会激发人们原始的、野蛮的报复欲望。黑格尔对复仇与惩罚加以区别，“解决在这里扬弃不法的方式与方法中所存在的这种矛盾”，要“从主观利益和主观形态下，以及从威力的偶然性下解放出来的正义，这就是说，不是要求复仇的正义而是要求刑罚的正义”[3]。复仇的目的在于“自为地存在的单个的意志”，

[1] 黑格尔 . 法哲学原理 [M]. 范扬，张企泰，译 . 北京：商务印书馆，1961：102.

[2] 王立峰 . 惩罚的哲理 [M]. 北京：清华大学出版社，2013：96.

[3] 黑格尔 . 法哲学原理 [M]. 范扬，张企泰，译 . 北京：商务印书馆，1961：108.

而刑罚的目的在于“自在地存在的普遍的意志”[1]。

对报应主义另一集中的批判为“应得”如何界定，只能是概念上一种理想的表述，很难在实践上做出具体的、可操作性的指导。这一点黑格尔也认同，“对于犯了某一种罪的人，应杖四十或四十减一，应否科罚金五元或四元两角三分等，应否处有期徒刑一年或三百六十四天等又或一年零一天、二天或三天，究竟怎样才算公正，这就无法作出合理的规定，也无从适用渊源于概念的规定性来决定。”[2]

三、心理学视角下的惩罚

如果说法哲学对于惩罚的研究是高屋建瓴的，其用思辨性的方法，宏观地分析惩罚的正当性，那么心理学对于惩罚的研究则是见微知著的，它以实证性的研究方法，从观察行为入手，描述、解释惩罚的效用。

心理学中的行为主义用观察法、实验法研究人类行为，以力求客观、准确、可验证见长。在行为主义的研究中，强化是核心概念，惩罚是与强化类似但又有所区别的概念，强化和惩罚都可以改变人或物动作、行为发生的频率。斯金纳最早提出惩罚概念，认为在不良行为产生后呈现一个厌恶刺激，将使其行为发生概率减少。他指出惩罚能够引

[1] 黑格尔 . 法哲学原理 [M]. 范扬，张全泰，译 . 北京：商务印书馆，1961：108.

[2] 黑格尔 . 法哲学原理 [M]. 范扬，张全泰，译 . 北京：商务印书馆，1961：223.

起有机体生活或者行为反应的变化。[1]

强化和惩罚都是在某一行为出现后，呈现某一刺激用以改变行为在今后出现的频率，强化旨在增加行为出现频率，惩罚旨在减少。强化分为阳性强化和阴性强化，“阳性强化是当某一行为之后伴随喜爱的刺激出现”[2]，如孩子上课举手发言，得到老师的表扬，以后他还愿意举手发言；“阴性强化是当某一行为之后伴随着讨厌刺激的解除”[3]，如汽车安全带不系的蜂鸣器，系上安全带，讨厌的蜂鸣声就会解除，促使司机系上安全带。惩罚也分为阳性惩罚和阴性惩罚，阳性惩罚是“某一行为之后伴随着讨厌的刺激”[4]，如小孩撒谎，遭到父母打屁股，打屁股行为作为一种令人讨厌的刺激，会减少撒谎行为的再次出现；阴性惩罚是“当某一行为之后伴随有喜爱刺激的去除”[5]，父母决定取消他这周的零用钱，或这周不准他看喜欢的卡通片，也会减少撒谎行为的出现。

在是否应该运用惩罚来减少行为上，行为主义持谨慎的态度，一方面他们承认惩罚的效果是直接的、快速的，

---

[1] D Nye. 三种心理学 [M]. 石林，袁坤，译 . 北京：中国轻工业出版社，2000：100-103.

[2] 理查德•格里格，菲利普•津巴多 . 心理学与生活 [M]. 王垒，等译 . 北京：人民邮电出版社，2003：174.

[3] 理查德•格里格，菲利普•津巴多 . 心理学与生活 [M]. 王垒，等译 . 北京：人民邮电出版社，2003：174.

[4] 理查德•格里格，菲利普•津巴多 . 心理学与生活 [M]. 王垒，等译 . 北京：人民邮电出版社，2003：175.

[5] 理查德•格里格，菲利普•津巴多 . 心理学与生活 [M]. 王垒，等译 . 北京：人民邮电出版社，2003：175.

用体罚的方式教育孩子是家长常用的手段，这种教育方式在以自由和人权著称的西方社会也很普遍。美国的一项调查以 991 名家长为样本，在儿童 1 ～ 2 岁时，35% 的家长承认进行过体罚（打屁股、打巴掌），在 3 ～ 4 岁时，94% 的父母使用了体罚。

另一方面，行为主义研究者们强调惩罚可能带来长期不利的影响。还是以家长对孩子进行“打屁股”的惩罚为例，“父母对儿童的身体攻击——即使是在试图矫正不良行为的情况下——都会成为儿童在希望控制他人时自己行为反应的榜样。”[1] 也就是说儿童通过观察学习，习得了成人榜样处理问题的方式，用武力、体罚来控制不想看到的事情或行为，这种影响是可怕的。美国一项以 6002 个家庭为样本的研究表明，那些经常受体罚的个体，在其后来的人生中更可能自杀、酗酒、虐待儿童、抑郁等。

此外，对惩罚策略的批判有三：首先，惩罚容易让受罚者产生敌意情绪，尤其是当受罚者不认同惩罚原因时，这种敌意情绪容易诱发敌意攻击；其次，惩罚可以减少行为的发生率，这种减少很大程度上是一种压抑，容易再次出现，甚至报复性出现；最后，惩罚在减少行为的适用性上并不如想象的那么广泛，叛逆性强烈的个体，受本能驱动或坚定信念下的行为，惩罚的作用可能微乎其微，甚至起到反作用。

除了行为主义，心理学对惩罚的关注较多地集中在公共物品博弈领域，主要研究惩罚与合作之间的复杂关系。

---

[1] 理查德·格里格，菲利普·津巴多 . 心理学与生活 [M]. 王垒，等译 . 北京：人民邮电出版社，2003：177.

对这一问题的研究，存在经典的公共资源困境范式，在这一范式中，如果你选择合作，而其他人不合作，你将得不到任何好处；如果每个人都合作，每个人都获利，如果其他人都合作，你不合作，你就是“搭便车者”，你从其他人的合作中白白获利，而没有任何付出。

多数研究结论认为惩罚“搭便车者”，有利于促进社会中的合作行为。研究者 Fehr 和 Gächter（2002）[1] 根据经典的公共资源困境范式，设计这样的实验：被试 4 人一小组，进行投资游戏，在游戏开始每人的私人账户有 20 元资金，经过多轮投资到公共账户，每次投资增值 40%，如从个人账户投 1 元到公共账户，公共账户资金增加 1.4 元。最后用公共账户除以 4 加上个人账户的资金，便是被试最后的收益。研究者将被试分为两部分，实验组被试在游戏中设有惩罚权，参照组被试没有。实验组被试，在每轮投资后，可以对其他人（不投入资金到公共账户，却参与最后分红的“搭便车”者）进行扣除其个人账户 3 元的惩罚，而实施惩罚权的人也要付出 1 元的代价。结果发现，有惩罚权的实验组被试，在公共账户里投入了大量的资金，并且，每轮投资的金额不断增大，40% 的个体将自己的全部资金投入到公共资金中，而在没有惩罚权的参照组，被试每轮的投资金额都在不断减少。

另一项研究 [2] 让被试参加投资游戏，可以任意选择去

[1] Fehr E，GaChter S. Altruistic Punishment in Humans[J]. Nature，2002，415（6868）：137-140.

[2] Özgür Gürerk，Irlenbusch B，Rockenbach B. The Competitive Advantage of Sanctioning Institutions[J]. Science，312，108-111.

有惩罚组和无惩罚组，如果在游戏中对自己的组不满意，可以选择更换组。在游戏之初，只有1/3的被试者选择有惩罚组，但是到了30轮投资后，93%的被试者转向了有惩罚组。因为在投资过程中，那些在无惩罚组的被试者，发现自己的利益被“搭便车者”侵占，而无惩罚组的“搭便车者”也没有收手的意思。

但也有观点认为，因为惩罚具有强制性，人们因惧怕惩罚，而被迫合作，这种强制下的合作，会破坏人际关系，破坏人际间的信任，从而最终会破坏合作。王沛和陈莉于2011年[1]发现惩罚会削弱人际信任水平，进而影响亲社会价值取向被试的合作程度。Tenbrunsel和Messick于1999年[2]也发现，不同强度的惩罚对合作水平有不同影响，轻微惩罚下合作水平最低。

实际上，这两种观点并不矛盾。人们合作的意愿分为基于人际关系上的合作和基于制度上的合作。在小范围的熟人群体内，如几个朋友合作开一个公司，办一项活动，这种合作是基于友情，基于人际中的信任，如果强加惩罚权，会使人际中的信任崩塌，合作意愿降低。而在更大范围内的半熟人或陌生人群体，尤其是流动性较大的群体，人际之间的信任感极低，需要惩罚作为保障，才可能让个性、价值观、道德水平不同的个体合作。如果将这个群体

[1] 王沛，陈莉．惩罚和社会价值取向对公共物品两难中人际信任与合作行为的影响[J]. 心理学报，2011，43（1）：52-64.

[2] Messick T D M. Sanctioning Systems，Decision Frames，and Cooperation[J]. Administrative Science Quarterly，1999，44（4）：684-707.

继续扩大到整个社会、整个国家，所有成员的合作可以看成是社会分工，维护社会稳定，让社会正常运转，而惩罚，则更多的是一种规则、法律，因为有了具有强制力的法律约束，人们才可能合理分工、合作，保持稳定发展。

为什么轻微强度的惩罚下，合作水平最低呢？因为有了惩罚，基于人际关系的合作被削弱，而轻微的惩罚力度不够，难以让人获得足够的安全感，不足以建立起基于制度上的合作，这种情况就好像一个转型中的现代社会，由于工业的发展，人口流动性增加，熟人社会向生人社会转变，基于“情”的纽带已经断裂，但基于法的规范还未内化于公民心中，情与法的规范均起不到足够的作用，这种巨变中的社会容易不稳定，犯罪频发，恶性事件层出不穷。所以总的来说，惩罚对于合作的作用是双向的，对于熟人圈的小范围内，惩罚会削弱合作意愿，但是对于大规模的合作，惩罚是一种强制性的保障。

此外，心理学家非常感兴趣：对为什么有人愿意损害自己的利益，为了集体的合作，来惩罚“搭便车者”呢（即利他惩罚）？进化心理学认为，利他惩罚在我们祖先时代就存在，这对于群体合作意义重大，而只有合作才可能继续生存、繁衍。“人们自由并乐于惩罚‘搭便车’者，是因为‘搭便车’的行为让人气愤，而惩罚他们让人痛快。”神经心理学家，通过对大脑皮层的扫描，发现利他惩罚可能与双侧脑岛、背外侧前额叶、前扣带回、腹内侧前额叶、内侧眶额皮层有关。惩罚、愤怒情绪、不公平厌恶、认知偏好与脑区和神经机制的关系，还需要研究者借助不断更新的仪器持续研究。

第三节 惩罚效用归纳

在前文不同学科视角下的惩罚中，哲学家、心理学家对惩罚的论述，其中已有很多地方涉及惩罚的目的、正当性、作用等。本节将从受罚者、惩罚者、被害人和社会整体角度归纳和总结惩罚的效用。

一、受罚者角度下惩罚的效用

对于受罚者而言，惩罚的首要作用在于遏制枉行。如果受罚者是犯错的孩子或学生，惩罚会让其明白其行为是错误的，不被允许的，惩罚可以让他“长记性”，不敢再犯，如果受罚者是犯罪人，那么惩罚的目的在于特殊预防，通过让人痛苦的刑罚，产生威慑性，不敢再犯。行为主义心理学家也证明，惩罚是快速、有效地改变行为的方法。

惩罚在让受罚者痛苦的同时，也起到了道德教育的作用，它告诉受罚者什么样的行为是错误的，不被允许的，什么样的错误行为需要受到什么程度的惩罚。家长或老师通过惩罚，告诉孩子对错判断，国家通过法律惩罚告诉公民是非对错，所以惩罚行为的背后蕴含着价值判断，是一种价值指引和道德判断。

除此之外，惩罚的过程有时也是矫治行为的过程。以犯罪人为例，惩罚通常是一个长期的过程，以监禁刑为例，犯人在监禁期间，丧失人身自由，还需要接受严格的军事化管理，几点起床、几点劳作、几点学习、几点休息，这个长期过程中习得的思想教育、情绪管理、技能训练，都对犯罪行为的矫治有重要作用，旨在达到"惩前毖后，治病救人"的目的。

二、惩罚者角度下的惩罚效用

惩罚对实施者来说，首先是一种情感上的表达。惩罚者看到受罚者错误的行为，尤其是手段残忍、后果严重的犯罪行为，必然会产生情绪反应，这种情绪混合气愤、厌恶、正义感等，实施惩罚是一种情感的表达与释放。进化心理学家认为人们为什么愿意牺牲自己的利益，进行利他惩罚，仅从个人角度而言，惩罚让人表达愤怒，让人痛快。

惩罚他人，尤其是利他惩罚，会让惩罚者树立权威，赢得声誉。声誉是一种积极的社会评价，对个体而言，意味着正义、公平与合作的名声，声誉本身就是一种收益。[1] 拥有良好的声誉，可以让人得到更多的社会支持，获得更多合作的机会，获得更多的利益。对于国家或君主而言，对犯罪人进行合理、及时的惩罚，会得到广大人民的拥护，得到人民的信任，其统治地位更为稳固，社会更为安定，同时，良好

[1] 陈欣，赵国祥，叶浩生．公共物品困境中惩罚的形式与作用[J]. 心理科学进展，2014，22（1）：160-170.

的声誉有利于惩罚的进一步推广，形成良性循环。

三、被害人角度下的惩罚效用[1]

对于被害人而言，最直接的好处是减小被再次侵害的可能。被害人可以是具体的个人，如被抢劫的个体，也可以是不特定的群体，如危害公共安全，因为行为人受到惩罚，身体、精神造成的痛苦与折磨加上道德教育（包括矫治），让犯罪人不愿意再次侵犯，被害人从而更加安全。即使是不惧怕惩罚，难以道德教化、矫治的犯罪人，如反社会人格的犯罪人，也会因为长期监禁的刑罚，与被害人隔离开来，从而保障了被害人的安全。

惩罚有助于提高受害者对于公平、正义的感知。被害人在遭受到侵害时，除了身体或财产上的具体损害，心理上也会产生“凭什么是我”的委屈和愤恨。公正、及时的惩罚，让被害人感受到代表公权力的国家对他不平的遭遇没有不闻不问，而是对施恶者施加痛苦，这让被害人感受到一报还一报的公正。

对犯罪人的惩罚对于抚平被害人伤害具有重要作用。国际上普遍认为，被害人的救助主要通过信息获得、经济帮助和情感支持来完成。[2] 信息公开的惩罚，让被害人感

[1] 李婕，罗大华 . 被害人心理损害评估及救助方案 [J]. 心理技术与运用，2015（5）：29-33.

[2] Maguire M. Victims’ Needs and Victims Services : Indications from Research[J]. Victimology : An International Journal，1985（10）：539-59.

受到尊重和一定程度的控制，“当被害人认为自己遭受的损失得到了补偿，司法机关为自己伸张了正义时，他们相比那些认为判决不公，反复上诉、申诉、沉浸在案件当中的被害人来说，更容易从被害的阴影中走出，继续新的生活。”[1]金钱惩罚，如刑事附带民事的赔偿，对于解决被害人的实际生活困难至关重要。“经济上的救助可以弥补被害人因被害所造成的如误工、就医等金钱上的损失，改善被害人的生活状况，对被害人而言是最实际、最有效的帮助。实际上，经济上的帮助不仅是对物质损失的弥补，也是对身体损害的一种代偿，同时也有助于被害人心理痛苦的减轻，心理损伤的治愈。”[2]

四、社会整体角度下的惩罚效用

从社会整体角度谈惩罚的效用，这里的惩罚范围更小，为约定俗成的习俗惩罚和现代社会的法律惩罚。

惩罚实际上是在制定规则进行威慑。什么样的行为应该受到惩罚，应该受到什么样的惩罚，为一个地区长期形成的习俗（如婚前性行为要浸猪笼）或是国家、地区明确制定的法律规定。规则的意义在于保障安全。[3]惩罚是为确保某一地区、国家的秩序井然，社会安定。同时，规则

[1] 李婕，罗大华 . 被害人心理损害评估及救助方案 [J]. 心理技术与运用，2015（5）：29-33.

[2] 李婕，罗大华 . 被害人心理损害评估及救助方案 [J]. 心理技术与运用，2015（5）：29-33.

[3] 王立峰 . 惩罚的哲理 [M]. 北京：清华大学出版社，2013：121.

告诉普通民众，什么是底线，是无论如何不能触碰的，一旦触犯这些规则，便有严厉的惩罚施加，这有利于普通民众遵守公序良俗或法律，也称之为威慑或一般预防。

防止私人报复是最实际的作用，也是刑法进化论者认为法律之所以出现的原因。原始社会、奴隶社会、封建社会早期，人们视复仇为美德，认为是忠、孝、勇气、荣誉的象征，其背后有着种族、个体生存、繁衍的意义。但是，随着社会的发展，人们越来越意识到族群、家族、个体的复仇，往往会陷入“冤冤相报何时了”的恶性循环，这时需要一个居间者，进行公正的惩罚，为侵害事件画句号。此外，随着社会生产力的发展，到了奴隶社会、封建社会早期，人与人的社会地位、占有资源差距越来越大，被压迫的底层人民想依靠一己之力向权贵阶层寻求报复变得极其不易，被害人要实施报复有时付出生命而不得，而国家惩罚的出现，有效地维护了社会秩序和公平正义。

惩罚的作用还在于向公众传达一种对犯罪行为的谴责。哈特援引伽德讷的一段话来说明，惩罚与痛苦的区别在于谴责，“对道德不当行为进行惩罚的本质在于刑事审判本身。一个人可能在股票市场上失去的金钱比在法庭上失去的金钱多得多；……战场上的死亡与接收死刑的死亡具有一样的生理特征。正是共同体对犯罪的愤恨、恐惧或者蔑视的表达才使得有形的痛苦成为惩罚。”[1] 梅特茨则认为，谴责是通过诸多符号向违法者传递信息，这种信息含有谴责的意思，这种谴责就是对违法者就违法行为表达的一种

[1] 王立峰．惩罚的哲理 [M]. 北京：清华大学出版社，2013：126.

否定和反对。[1]

文化基因协同进化理论认为惩罚是通过社会学习获得的一种文化适应行为，符合文化基因协同进化的规律。[2] 以孔雀为例，雄性孔雀在求偶时，长长的大尾巴、美丽的羽毛是其有利的择偶条件，他也会通过开屏来展示自己的魅力。然而从适应功能上来看，长长的尾巴、美丽的羽毛并没有实际的用途，反倒是一种累赘，如此鲜艳的羽毛并不利于孔雀在自然界生存。而这种累赘传达给雌性孔雀的信息是，雄孔雀如此强大，以至于它带着这样的负担，依然可以生存，说明跟着它是值得的。同样，文化适应理论认为，惩罚是一件费时、费力、费钱的事，实施惩罚说明惩罚者在表达“不要再做出这种行为，我不会坐视不理的”。所以说，惩罚具有信号传递的功能，参与人似乎能意识到他们选择的信号能够传递信息，并且接受者从信号中做出推理。[3]

五、惩罚的弊端

惩罚在对上述个体和群体带来实际效用的同时，也产

[1] Metz T. Censure Theory and Intuitions about Punishment[J]. Law and Philosophy，2000，19（4）：491-512.

[2] Elinor O. Experiments Combining Communication with Punishment Options Demonstrate How Individuals Can Overcome Social Dilemmas[J]. Behavioral and Brain Sciences，2012，35（1）：2，33-34.

[3] 陈欣，赵国祥，叶浩生．公共物品困境中惩罚的形式与作用[J]. 心理科学进展，2014，22（1）：160-170.

生种种弊端，这也是很多科学家不推荐将惩罚作为改变行为或塑造行为的手段的原因。

惩罚，尤其是不被受罚者认同的惩罚，容易诱发受罚者不满、愤怒的情绪，受限于客观条件，他必须接受惩罚，但是内心不认同，即使不再出现类似行为，只是将这种行为压抑下去，一旦有机会，会出现报复性的反弹。其次，惩罚是一件费事、费力、费钱的举措，一旦惩罚不当，便可能会产生一系列后果：受罚者和受害人认为惩罚不公正，对该权威个体或国家丧失信任，出现依靠私力自行解决，甚至报复惩罚者。再次，惩罚的后果，尤其是公权力的惩罚对于受罚者的影响是深远的。古代的面上刺字、现代社会的案底材料，都不利于犯罪人回归社会，刑满释放人员的再就业、择偶非常困难，污名效应明显。另外，惩罚在某种程度上说，不利于多元文化、多元价值的发展，人们容易屈从权威，成为惧怕惩罚，没有个性特征的人。有研究者指出，“奖励和惩罚就像是一枚硬币的两面，奖惩的思维方式是对多元化的一种扼杀，一致的、标准的行为模式只会导致人类生活的单调和无趣。”[1]

[1] 陈欣，赵国祥，叶浩生．公共物品困境中惩罚的形式与作用[J]. 心理科学进展，2014，22（1）：160-170.

第四节　刑罚与报应性司法

一、法律惩罚与刑罚

法律惩罚是惩罚的下位概念，也是惩罚在现代社会最主要的表现形式，因为只有国家依照法律规则才有绝对的权威对犯罪人实施惩罚。对于法律惩罚的概念，中国学者较少使用，国外使用相对广泛。

对法律惩罚下定义最有影响力的是英国的哈特，他认为有五个因素对法律惩罚加以界定："（1）惩罚必须涉及痛苦或其他结果，而这些结果通常被认为是不快乐的；（2）惩罚必定是因为违犯法律规则而被制定；（3）惩罚必定是因为这个违犯行为而施加于实际的或者假定的违犯者；（4）惩罚必定是由他人而不是违犯者有意地执行；（5）惩罚必定是由一个权威来施加和执行，这个权威根据一个法律制度来建立，而对这个法律制度的抵触就构成违犯行为。"[1]

我国学者王立峰对法律惩罚的定义进行系统梳理，提出法律惩罚的定义："是国家依据法律制度而对违反法律行

[1] Jacob Adler. The Urgings of Conscience[M]. Philadelpha：Temple University Press，1991：61.

为采取的强制措施，对被罚者而言是一种公认的不利后果，也是对违反法律行为作出的公开裁判。”[1]

贝勒斯对法律惩罚下的定义较为广泛，包括刑事惩罚、民事惩罚，我们一般认为广义上的法律惩罚包括刑事惩罚、民事惩罚、行政惩罚、违宪惩罚等，而哈特和王立峰的定义则主要在描述刑事惩罚，刑事惩罚是狭义上的法律惩罚。

二、刑罚的理论流变

在刑罚理论的阵营里，功利主义和报应主义世代对垒，虽然报应主义被批判为报复的替身，野蛮、残酷，但是在刑罚理论中，相对于功利主义，报应主义仍占据主导地位。

报应主义下的刑罚观，经历了从康德的等害复仇到黑格尔的等价报应，等价报应成为现代刑罚理论的重要精神。19 世纪末 20 世纪初，由于实证法学的逐渐兴起，报应论失宠，在其后的半个世纪，报应论沦为人们诟病的对象，认为它野蛮、残酷，不过是复仇的替身。20 世纪中期，随着人们对教育刑的批判，报应刑逐渐复兴，掀起了刑罚理论界回归报应论的浪潮。

新兴的报应论，以赫希的该当论最为著名。赫希认为：“当某人侵犯他人的权利时，他得到超过社会所有其他成员的一种不公正利益，因为他在从其他人克制对他的权利的干涉中受益的同时，未能控制他自己的行为，惩罚通过对违法者施加一种抵消性的不利而恢复均衡：在受到惩罚后，

[1] 王立峰 . 惩罚的哲理 [M]. 北京：清华大学出版社，2013：24.

违法者停止比其不违法的同胞有利。”[1] 赫希指出，刑罚的一项重要功能在于谴责，并强调罪行的严重程度要和惩罚谴责的程度相适应。该理论成为迄今为止西方刑罚理论中的最重要的理论。

20 世纪中后期，试图融合相对主义（以威慑论、预防论为代表）和绝对主义（以报应论、该当论为代表）的综合理论开始出现。综合理论是否真的可以调和不同理论的矛盾，还是只是将两种理论做形式上的简单拼接，为很多学者所担忧。目前对刑罚理论较有影响的综合理论有以报应为基础的综合理论、以预防为基础的综合理论、分阶段综合理论以及理性统一论。这些综合理论都认同单一的报应论和单一的预防论都不足以解释刑法的目的，不足以确定刑罚的范围与内容，只是这些理论有的侧重报应，有的侧重预防，有的希望从立法、司法、执法过程分阶段区别论述，有的则认为报应是刑罚的根据，不是功利的附庸，其内在价值和功利价值是理性统一的。学者们努力在寻求中立立场，但是综合论忽左忽右的摇摆，各种观点的相加是否能做到有效融合，而不是简单堆砌，产生更大的缺陷，还有待实践的检验。

三、我国刑罚的目的与功能

对于刑罚的目的，目前有很多学说，如惩罚说、改

[1] 赫希．已然之罪还是未然之罪 [M]. 邱兴隆，胡云腾，译．北京：中国检察出版社，2001：63-64.

造说、预防说、双重目的说、三目的说等，我国通说认为刑罚的目的在于预防，具体内容包括特殊预防与一般预防。“特殊预防即通过适用刑罚，预防犯罪人重新犯罪。”[1]特殊预防针对犯罪人，通过刑罚，坚持“惩罚和改造相结合”“教育与劳动相结合”的原则，让犯罪人不能、不敢、不愿再犯罪。“一般预防即通过对犯罪人适用刑罚，用刑罚威慑、预防尚未犯罪的人实施犯罪。”[2]一般预防针对尚未犯罪的人，具体包括危险分子、不稳定分子、犯罪被害人和社会其他成员。一般预防通过对犯罪分子的惩罚，即行为主义心理学所说定义的观察学习，看到侵犯带来的后果是以国家为主体的惩罚，对社会上的其他成员，尤其是可能进行犯罪的成员起到震慑作用，使其不敢犯罪，这是传统上消极的一般预防论。积极的一般预防论则强调唤醒和强化国民对法的忠诚、对法秩序的存在力与贯彻力的信赖，从而预防犯罪。

刑罚的目的与功能关系密切，前者是后者的指导与前提，后者是前者的实现手段。国内刑法学家张明楷教授按照预防的目的划分刑罚的功能，特殊预防目的下的功能有：限制、消除再犯条件的功能，个别威慑的功能和教育感化功能；一般预防目的下的功能有：一般威慑功能，法制教育功能，安抚、补偿功能和强化规范意识功能。[3]曲新久教授则从不同主体角度对刑罚的功能加以划分，对犯罪人：剥夺和限制功能、个别威慑功能、感化功能和教育改造功

[1] 曲新久 . 刑法学 [M]. 北京：中国政法大学出版社，2011：203.
[2] 曲新久 . 刑法学 [M]. 北京：中国政法大学出版社，2011：204.
[3] 张明楷 . 刑法学 [M]. 北京：法律出版社，2012：464-465.

能；对被害人功能：安抚功能、补偿功能；对其他社会成员功能：一般威慑功能、教育鼓舞功能。[1] 两种划分依据和表述略有差别，但涵盖的功能基本相同，他们对刑罚功能的归纳也是目前国内刑罚目的的通说。

然而刑罚的预防目的和其对应的功能究竟实现的如何，即刑罚真的可以预防犯罪么？西方研究者普遍认为，目前并未有实证可以证实刑罚可以有效预防犯罪。甚至有学者认为，越是严刑峻法，越有可能造成犯罪率的上升。“美国拥有世界上最严的刑罚制度。它是唯一保留死刑的西方国家，但同时也是拥有最高暴力犯罪率的国家。显然，刑罚不可能阻止犯罪。事实上，我们有理由相信，监禁实际上会促使犯罪的持续发生。”[2]

四、刑罚与报应性司法

20 世纪 70 年代，在西方国家流行了几十年的教育刑受到广泛谴责，它并没有有效减少犯罪率，美国、英国等国家相继进行刑罚的司法改革，出现“合作性司法模式”。20 世纪末，被害人权利运动的广泛兴起，促使了恢复性司法的复兴。恢复性司法是“关注社区健康的恢复，修复已造成的伤害，满足被害人的要求并强调犯罪人能够而且必须对这种恢复与修复作出贡献”。 作为恢复性司法的对应概念，报应性司法是传统的占据刑事司法制度主导的模式，

[1] 曲新久 . 刑法学 [M]. 北京：中国政法大学出版社，2011：205-207.

[2] Elaine C，Douglas A B.（2007）. Criminal Behavior. Mahwah，New Jersey：Lawrence Erlbaum Associates，Inc，281.

时至今日，恢复性司法在绝大多数国家还只是以思潮的形式出现，在少数国家，如美国、加拿大恢复性司法实践于被害人和解与修复，英国、我国香港地区恢复性司法应用于青少年犯罪。

作为主导地位的报应性司法，其核心思想在于惩罚。让犯罪人罚当其罪，通过刑罚进行教育、改造，预防犯罪。报应性司法在保护法益的同时，也显示出其巨大的弊端。首先，报应性司法通过惩罚，有时不但不能教育和改造犯罪人，还可能产生相反的作用。由于刑事惩罚，犯罪人被贴上了“标签”，从此他自己和社会其他成员将把他区别对待。犯罪人的标签，让污名效应产生。犯罪人在接受刑罚后，很难再平等地融入社区，让他所处的文化群体重新接纳他。在找工作、婚姻中困难重重，感受到来自社会、朋友甚至家人的排斥、以他为耻。经济上难以独立，精神上不被接纳，很容易让接受过惩罚的犯罪人重新走上犯罪的道路，甚至结交犯罪人群体，找到归属，将犯罪作为谋生职业和生存方式。其次，报应性司法在司法过程中，将被害人的地位为公诉机关取代，以检察院的名义对犯罪人提起诉讼，被害人逐渐被遗忘，仿佛成了局外人。这样本意上是对被害人权益的保护，实际上却让被害人感受到被忽视，他们仿佛除了报案，配合取证，便无其他话语权。看到犯罪人接受惩罚，在满足被害人报复欲的同时，对被害人的心理安抚和实际上的帮助，尤其是经济上并无过多帮助。最后，报应性司法的核心在于如何惩罚，惩罚的制定、实施需要大量的人力与物力，侦查、起诉、判决、服刑，是一个庞大的司法运行系统，单单监狱的建设、安全保障、罪犯矫治就需要巨大的投入。然而，不断加大的监狱规模、建设和投入并未带来令人满意的低再犯率，预防犯罪的收效不高，成本巨大。这些原因也是恢复性司法思潮重新兴起的原因。究竟报应性司法和恢复性司法各自的优势和劣势何在，在什么情况下运用不同的司法模式，我们在后文中有相应的讨论。

第三章

宽恕策略

第一节　宽恕的含义[1]

弱者从不宽恕，宽恕是强者的特质——圣雄甘地。

宽恕，作为爱与善的化身，长期以来受到哲学、宗教的广泛推崇，认为其是对正义的超越，是大善之举。对宽恕进行科学、系统的研究是近三十年的事情，心理学家在对道德进行研究时，将宽恕研究纳入其中，目前已成为心理学的研究热点。

一、宽恕的内涵

何为宽恕？对于宽恕（forgiveness）最早的定义可以追溯到《韦伯新通用词典》，“放弃怨恨或惩罚的欲望；停止气愤；去原谅（pardon）。”似乎这样一个定义并不足以去揭示宽恕的本质。我们以三个问题来思考宽恕的内涵究竟是什么。

宽恕是否包含行为？心理学家 Enright 将其定义为“面对冒犯者的不公平行为时，对冒犯者施以同情和爱”[2]，

[1] 李婕 . 中西方语境下宽恕内涵的心理学阐释 [J]. 齐齐哈尔师范高等专科学校学报，2018（6）.

[2] Enright D Robort. The Moral Development of Forgiveness.[J]. A.m.a.archives of Dermatology，1991，78（3）：123-152.

North 认为宽恕是“受害者在受到不公正的伤害后，其对侵犯者的负面的认知、情绪和行为反应的消失，并出现正面的认知、情绪和行为反应的过程”[1]。认知和情绪上的转变是普遍接受的，宽恕意味着不再愤怒，不再憎恨，是否需要做出行为上的表示呢？笔者认为，宽恕并不必然包括行为。宽恕是单方的，这一点不同于和解，和解是一种人际互动，需要一方主动做出让步或友好姿态，另一方接受，重新建立正向关系。宽恕者内心深处选择了宽恕，即是宽恕的完成，无需被宽恕者参与其中，甚至无需被宽恕者知道已被宽恕。另一方面，情绪、认知决定行为，也是通过行为表现出来，个体在选择宽恕的同时，已经不再具有负面情绪，不再抱有敌意认知，也就不会再对侵犯者实施报复或惩罚行为。从这个意义上说，如果宽恕的概念包括行为的话，这个行为指的是不作为的行为。

宽恕是动机么？人类在遇到危险时，本能反应是“战斗或逃跑（fight or flight）”，在受到伤害后，产生两种动机：回避动机和报复动机。“当前两种动机（即回避和报复动机）增加时，仁爱动机则相应减少，便会推动个体倾向于做出复仇选择；而后一种动机的增加则会令个体更接近选择宽恕。”[2] 可见宽恕并不是动机，而是回避动机、报复动机、仁爱动机此消彼长后的结果选择，或者说宽恕是动机的转变过程，这也是宽恕研究到目前为止，最被学者广

---

[1] North J. Wrongdoing and Forgiveness[J]. Philosophy，1987，62（242）：336-352.

[2] 傅宏 . 宽恕心理学：理论蕴涵与发展前瞻 [J]. 南京师大学报（社会科学版），2003（6）：92-97.

泛接受的一个定义："发生在个体内的，对人际间冒犯行为的亲社会的动机性转变，简称亲社会动机的转变。"[1] 通俗来说，就是当人们认为他已经宽恕某人时，这个伤害者就已经不能再刺激宽恕者，让其产生回避或报复的动机。如何知道已经宽恕？卡瑞•亨特利的表述特别形象："想象你的心里有一条小径，如果那个人可以毫发无损地从容走过，就说明你已经原谅（宽恕，forgive）了。"[2]

宽恕是否需要积极情绪融入？许多研究者在给宽恕下操作性定义的时候，并没有强调积极情绪的融入，如 Pingleton 认为宽恕是"受害者受到伤害后放弃报复和惩罚侵犯者的需求"[3]，Hargrave 认为"宽恕是受害者不再憎恨侵犯者"[4]。如果个体内心已经平静，不再对侵犯者抱以敌意、愤怒、厌恶，见到或提到侵犯者时，不再能够刺激其产生回避和报复的动机，但是对侵犯者也没有"同情与爱"等积极情绪，那么这种情况算宽恕么？作家刘易斯•史麦迪认为："当你再想起那个伤害你的人，如果你心中有一

[1] Flannelly K J. Forgiveness as Human Strength：Theory，Measurement，and Links to Well-. [J]. Journal of Social & Clinical Psychology，2000，19（1）：43-55.

[2] 吉姆•丁克奇 . 那些伤，为什么我还放不下 [M]. 袁小茶，译 . 南宁：广西科学技术出版社，2014：43.

[3] Pingleton J P. Why We don't Forgive：A Biblical and Object Relations Theoretical Model for Understanding Failure in the Forgiveness Process.[J]. Journal of Psychology & Theology，1997，25（4）：403-413.

[4] Hargrave T D，Sells J N. The Development of a Forgiveness Scale.[J]. Journal of Marital & Family Therapy，2010，23（1）：41-53.

种力量，希望他过得好，就说明原谅（宽恕）已经开始起效了。”[1] 斯坦福大学心理学教授吉姆•丁克奇认为：“真正的原谅（宽恕）不仅是负面情绪的清除，同时还是积极情绪的融入。如果缺少了后者的话，也不是一个完整的原谅（宽恕）。”[2] 笔者认为，如果把宽恕界定为需要对冒犯者予以“同情与爱”，并“希望他过得好”，可能对宽恕的要求过于严苛了。对冒犯者予以同情，在宽恕中较为常见，很多宽恕是建立在理解、共情的基础上，而“爱”则更多的是西方文化尤其是宗教（基督教）文化下的概念和要求的延伸，是否适用于东方文化，还有待商榷。另外，“希望他过得好”不应该作为宽恕的内涵，宽恕更多强调的是不作为、不怨恨、不报复、不希望其过得不好，是一个放手的过程，是一笑泯恩仇。另一方面，宽恕需要积极情绪的融入，这种积极情绪不是对侵犯者，而是对自己。宽恕是单方面的，它之所以区别于遗忘，是因为遗忘是主动或被动的压抑、遗失，而宽恕是主动的接受，宽恕者接受了曾经的伤害，不再拒绝、回避，以对自身、生活和生命的热爱，愿意将自己从仇恨、悲伤、不平中救赎出来，重新以积极的心态开始新的生活。

基于对以上三个问题的讨论，笔者认为宽恕需要满足以下条件：个体遭受到侵犯者身体或心理的伤害；不再愤恨、恐惧，不再寻求报复或惩罚；而是亲社会动机转变；

[1] 吉姆·丁克奇．那些伤，为什么我还放不下[M]. 袁小茶，译．南宁：广西科学技术出版社，2014：43.

[2] 吉姆·丁克奇．那些伤，为什么我还放不下[M]. 袁小茶，译．南宁：广西科学技术出版社，2014：44.

伴随积极情绪投入，愿意将自己从消极状态中拉出，重新开始新生活。形象来说，宽恕就是放手那些一报还一报的债，放弃那些本可以报复或惩罚的“权利”，是对报应、公平、正义的超越，是一笑泯恩仇。

二、宽恕、原谅与和解

宽恕的内涵丰富，与其相类似的概念如宽容、容忍、饶恕、原谅、和解等，其中宽容、容忍等与宽恕共同点在于“宽”，即有广阔的胸襟不计较，而少了“恕”的含义，而饶恕则与宽恕共用“恕”，意指不再惩罚，但缺少“宽”的含义。而原谅与和解与宽恕的概念最为近似，也常常难以区分，产生误解。

宽恕在《现代汉语词典》中被解释为“宽容饶恕”[1]，进一步解释宽容即“宽大有气量，不计较或追究”[2]，饶恕即“免于责罚”[3]；原谅在《现代汉语词典》中被解释为“对人的疏忽、过失或错误宽恕谅解，不加责备或惩罚”[4]。可见，在现代汉语词典里，二者的区别并不显著，常用其

[1] 中国社会科学院语言研究所词典室.现代汉语词典（第6版）[M].北京：商务出版社，2013：754.

[2] 中国社会科学院语言研究所词典室.现代汉语词典（第6版）[M].北京：商务出版社，2013：754.

[3] 中国社会科学院语言研究所词典室.现代汉语词典（第6版）[M].北京：商务出版社，2013：1086.

[4] 中国社会科学院语言研究所词典室.现代汉语词典（第6版）[M].北京：商务出版社，2013：1600.

中一个来解释另外一个。

从英文角度来看，该领域的研究是关于"forgiveness"的研究，国外学者也对"forgiveness"的语义进行分析，《韦伯新通用词典》（1983）用"to give up resentment against or the desire to punish; to stop being angry with; to pardon"来解释"forgiveness"。于是，中文有学者将"forgiveness"译为宽恕，而将"pardon"译为原谅，并以此来区别宽恕与原谅或"forgiveness"与"pardon"之间的区别。实际上，每个语言文化的词汇概念，尤其是较为抽象的词汇，想在另一种语言中找到精确对应的单词是极其困难的，所以将"forgiveness"译为宽恕，"pardon"译为原谅，并以此区别是不妥当的。

英文的"forgiveness"和"pardon"是近义词，多数情况下可以互相解释甚至互换，但是"pardon"更正式，偏向法律领域（more apposite to the legal realm [1]），"指放弃处罚要求，予以赦免，尤其指由上级按法律正式赦免过失或过错。"[2]

对于中文的宽恕与原谅，李兆良认为："受害者原谅了伤害他的人但仍视伤害者为恶毒之人，心中压抑的愤怒情绪并未消失，但一个宽恕者却视伤害者为一个平等的人，他会藉此宽恕的力量寻求道德的理由而消解愤怒。"[3] 笔者

[1] Enright R D，Gassin E A，Wu C. Forgiveness：A Development View[J]. Journal of Moral Education，1992，21：99-114.

[2] 好搜问答网 [DB/OL].[2015-7-10].http://wenda.haosou.com/q/1364894190063441.

[3] 李兆良 . 宽恕内涵的本土心理学反思 [D]. 吉林：吉林大学，2011.

不认同这种观点，宽恕与原谅基本含义没有区别，都是放弃怨恨的情绪，不再寻求惩罚和报复，只是在语言的使用环境中有所差别。原谅更偏向口语化，在日常生活中经常使用，尤其是小的侵害时，如朋友间的纠纷和冒犯，一方表示不再计较，原谅对方。宽恕则更为正式和严肃，多用于书面表达和学术研究，如在中国心理学研究领域，中国学者把"forgiveness "的研究作为宽恕的研究。此外，宽恕的语言在一定程度延续了宗教的色彩，这与西方文化，尤其是基督教文化暗合。以哈佛教授吉姆•丁克奇介绍"forgiveness"的书籍《How to Forgive When You Cannot》（中文名：《那些伤，为什么我还放不下》）的翻译来看，这本书的中文翻译将"forgiveness"翻译为"原谅"，可见宽恕与原谅基本含义没有区别，而译者之所以译为原谅而非宽恕，则更可能是遵照原作者的意愿，希望这本书不是大分充满学术用语的研究论文，而是适合大众阅读的情绪管理方面的心理学畅销书籍。由此，基于与国内心理学领域用语的一致性和学术论文的正式性，笔者采用宽恕，而非原谅，对应的英文是"forgiveness"。

"和解"是透过双向互动关系确认放弃报复行动，在行为上表现出关系的修复与和好，是双方当事人在关系破裂后再次复合。[1] 尽管宽恕与和解的区别已被很多研究者意识到，但是在学术界和实际生活中想要区分并非易事。我们常听到类似"我要是原谅（宽恕）了他，他再伤害我

---

[1] 李兆良 . 宽恕内涵的本土心理学反思 [D]. 吉林：吉林大学，2011.

怎么办”的担忧，其实这也是对宽恕与和解的一种混谈。我们之所以常常将二者混谈，一方面是由于宽恕与和解的关系十分密切，二者很多时候相伴产生，以至于我们产生宽恕是因，而和解是果的错觉，另一方面，傅宏指出：“宽恕是源于西方宗教的概念，而西方宗教神学思想中的‘调和’观念将宽恕看作是宗教教义的基本理由和最终目标，因此宽恕和和解的区别常被忽视。”[1]

宽恕与和解的相同点在于：（1）宽恕与和解产生的先决条件或称情境是相同的，都是由于一方的冒犯或侵害，让另一方身体或精神受到损害。（2）受害人的反应均是积极的，受害人不再愤怒、恐惧，不再有报复和惩罚的欲望，也就是说受害人对侵犯者不再是仇视或威胁。

宽恕与和解的区别有三：首先，宽恕是个体内在的心理变化，是亲社会动机的转变过程，宽恕不需要交流，不需要告知，甚至侵犯者可以不知道自己被宽恕；而和解是一个社会交往的过程，和解是两个人或两个群体的事情，侵犯者与受害者或纠纷双方就一个问题达成共识，不再抱有敌意和怨恨，可以修复彼此的关系，回到正常交往的轨道上。其次，宽恕并不必然导致和解。受害者从内心深处宽恕了冒犯者，但是并不一定希望与冒犯者重建关系。如家庭暴力的受害者，如果他们选择和解，可能进入“家暴—和解—家暴”的反复循环的怪圈，但是如果受害者选择宽恕，但不希望和解，可能有利于其身心健康

---

[1] 傅宏 . 宽恕理论在心理学治疗领域中的整合发展趋势 [J]. 教育研究与实验，2004（3）：54-59.

的恢复，放下仇怨，重新回到正常的生活，并且不必回到反复遭受侵害的怪圈。最后，和解的原因并不总是宽恕。尽管在多数情况下，人们愿意和解是出于彼此的理解、信任和原谅，但是并不排除功利性的目的。有时被害人并没有真正原谅侵犯者，只是迫于群体的压力，如不握手言和，群体内的其他成员会认为他心胸狭窄，会疏远他；再如，被害人为了获得实际的补偿，接受和解。目前国内刑事案件中，被害人为了获得经济补偿，在委托律师的协助下，常会与被告人达成和解，撰写谅解书，实际上是否真的宽恕侵犯者犹未可知。所以，宽恕是道德层面的单方面内心过程，是一种美德，是对正义的超越，不是以补偿和改变为前提，而和解是一种亲社会的双方行为，有时是为了彼此利益的一种妥协和博弈，是人际关系、社会关系的层面。

三、宽恕与报复

宽恕和报复是对立的概念，对于宽恕的操作性定义即包含放弃惩罚和报复的需求，也就是说一旦个体宽恕了，那么他便不再希望报复侵犯者，反之，如果个体对侵犯者有强烈的报复欲望，说明他还没有宽恕。

报复与宽恕的对立关系得到众多研究的证实。Brown和Phillips对宽恕与攻击的关系研究发现，宽恕与攻击行为有显著的负相关。Johnson和Butzen发现宽恕与报复呈显著负相关，宽恕是一种亲社会利他行为，能够有效减少报复行为的发生。[1]我国学者胡三嫚、张爱卿等人分别通过对 236 名和 192 名大学生量表测验的实证研究发现，大学生的宽恕倾向与报复倾向呈显著负相关[2]，多元回归分析的研究结果进一步表明，报复倾向对宽恕行为具有显著的负向预测作用。[3]

在一些宽恕模型中，也证实了报复与宽恕的关系。Bradfield[4]的报复与宽恕行为模型和 Ysseldyk[5]的宽恕与报复倾向性模型，指出宽恕与报复呈负相关。Koutsos 的人际宽恕模型，如下图所示，指出个性宽恕倾向会影响报复动机。

报复与宽恕是在被害人受到侵害后，认知与动机层面此消彼长的过程，在决定最终实行报复还是宽恕的过程中，

[1] Johnson J L，Butzen N D.（2008）. Psychoticism as a Predictor of Vengefulness Forgiveness and Religious Commitment.Journal of Psychology and Christianity，27（4），329-336.

[2] 胡三嫚，张爱卿，钟华，贾艳杰. 大学二年级学生人际宽恕与报复心理及其与抑郁的关系研究 [J]. 心理发展与教育，2005，21（1）：104-108.

[3] 胡三嫚，张爱卿，贾艳杰，钟华. 大学生人际宽恕与报复心理研究 [J]. 中国临床心理学杂志，2005，13（1）：55-57.

[4] Bradfield M，Aquino K. The Effects of Blame Attributions and Offender Likableness on Forgiveness and Revenge in the Workplace-Applications to Organizational Behavior Research[J]. Journal of Management，1999，25（5）：607-631.

[5] Ysseldyk R L.（2005）. Disposition Toward Forgiveness and Revenge in Relation to Coping Styles and Psychological Wellbeing. Unpublished Doctoral Dissertation，Department of Psychology，Carleton University，Ottawa，Canada.

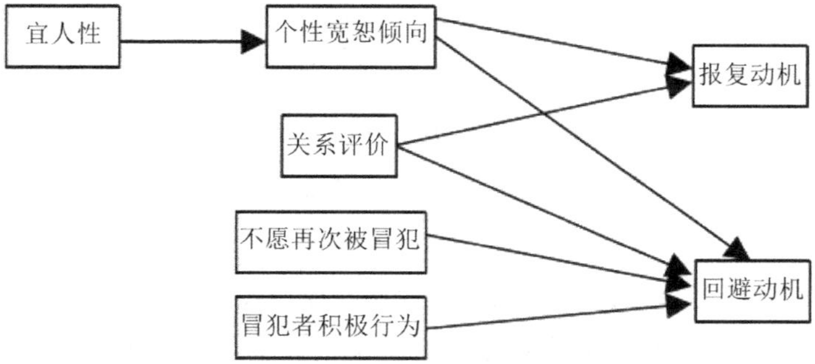

图：Koutsos 人际间宽恕变量模型

二者相互渗透，很难绝对分开。一个宽恕的过程必然要经历一系列阶段，首先是感知到伤害，随即产生痛苦、恐惧，伴随委屈、愤怒等情绪；接着认知和分析侵犯过程，包括伤害的严重程度、侵犯者与自己的关系、是否故意等，例如这一阶段意识到侵犯者是故意的，愤怒情绪就会激化，报复欲望愈加强烈，反之，如果侵犯者是无心之失或有苦衷，情绪会渐渐平复，仁爱动机逐渐加强，报复欲望减弱；然后进入酝酿期，这一阶段时间跨度很大，从片刻到几十年，甚至持续终身，受害者不时会冒出，“不妨算了吧”“不妨原谅（宽恕）”的想法，有时报复欲望又会重新激起，“凭什么我要受伤”“原谅他太便宜他”的想法重新冒头，这个过程以宽恕的压倒性结束；最后进入宽恕阶段，受害者感受到前所未有的轻松、愉悦，仿佛从一段困境或绝境中走出，开始新的生活。

报复与宽恕是本能反应与文明教化的两种产物。当个体受到侵犯后，无论是爬行动物、哺乳动物、灵长类动物还是人类，本能的反应便是报复或逃避，而宽恕则是人类文明进步后，不断发展、进化的产物。人脑是三位一体的组织，最内核的部分是最原始的脑干区，这一部分与爬行动物一样；中间一层是边缘系统，这一部分与哺乳动物相同；最外面一层是新皮质层，这部分只有高级动物才有。我们可以推测，人脑的发展也是不断进化的结果，越是外层越是高等智慧动物的特征。从控制脑区来看，报复行为的脑区是人类最原始的脑区：爬虫脑（R-complex）或称蛇形脑。这部分脑区主要控制人类的无意识身体机能（如：呼吸、消化、体液循环等）、求偶和交配、领地意识（包括控制、愤怒、攻击、报复等）。而宽恕、爱的脑区则是靠近额叶骨位置的新皮质，有些学者称之为第四脑区，它是人类进化发展来的高级脑区。当个体受到严重创伤时，机体内部为了生存与发展，高级脑区如新皮质会自动关闭，不再工作，而原始脑干（爬虫脑或蛇形脑）将执行，于是愤怒、攻击、易激惹，不顾代价的报复便随之出现。所以，报复与宽恕的关系是对立的，但也是复杂的，其背后有深层的生物脑科学因素，需要研究者继续研究。

借用吉姆·丁克奇教授的话，总结宽恕与报复的关系，“前者给了我们最高愿景、群体目标、宁静和美好；后者为我们设定底线，保证我们不被伤害”。[1]

---

[1] 吉姆·丁克奇. 那些伤，为什么我还放不下[M]. 袁小茶，译. 南宁：广西科学技术出版社，2014：25.

第二节 中西方文化下的宽恕

中华文化中的宽恕是君子之爱，西方文化下的宽恕是上帝之爱。

一、中华文化下的宽恕

宽恕一词并非古已有之，是现代汉语的产物。但是纵观中华文化，宽恕思想却渊源留长，“得饶人处且饶人”“人非圣贤孰能无过”“能忍能让真君子，能屈能伸大丈夫”等。中华主流文化中的儒、释、道三家也均有关于宽恕思想的表述。

儒家文化中，孔子思想以“仁”著称，行“忠恕”之道。关于“恕”思想最早的记载是《论语·卫灵公》，子贡问曰：“有一言而可以终身行之者乎？”子曰：“其恕乎！己所不欲，勿施于人。”在《论语·以仁》有进一步的解释，子曰“：参乎！吾道一以贯之。”曾子曰：“唯。”子出，门人问曰：“何谓也？”曾子曰：“夫子之道，忠恕而已矣。”

孔子认为“恕道”的代表人物是伯夷和叔齐，“不念旧恶，怨是用希。”（《论语·公冶长》）伯夷和叔齐是商朝孤竹君的两个儿子，孤竹君死后，二人互相谦让君位，逃向周国，得知周武王要讨伐商纣王，他们力劝无效，后武王得天下，二人逃向首阳山隐居，义不食周朝的粮食，以野草充饥，“登彼西山兮，采其薇矣。以暴易暴兮，不知其非矣。神农、虞、夏忽焉没兮，我安适归矣？于嗟徂兮，命之衰矣！”（《史记·伯夷列传》）最后饿死在深山。伯夷和叔齐不愿争夺权位，不愿以暴易暴，其“恕”的思想在几千年前的中国非常难得，这也是司马迁将伯夷传放在列传之首的原因。

何谓恕呢？孔子认为是“己所不欲，勿施于人”。《说文》解释“恕，仁也。如己之心，以推诸人，此求仁之道，故‘恕’也训‘仁’。”[1]贾谊的《新书·道术》认为“以己量人谓之恕”。朱熹的《论语集注》则认为“尽己之谓忠，推己之谓恕”。可以这样理解，儒家文化中的“仁”“忠恕”是统一的概念，“仁”是目的，是根本，“忠恕”是方法，对己仁是忠，对他人仁是恕。可见，儒家文化中的“恕”是一种以己推人，将心比心的理解和仁爱。从涵盖的内涵来看，儒家的“恕”远比现代汉语中的“宽恕”要广，它不仅包括要原谅，不怨恨，宽容，还包含着视他人为自己，“立世”“爱人”“己欲达而达人，己欲立而立人。”（《论语·雍也》）在儒家文化中，实行“恕道”是修身的方法，也是区别“君子”与“小人”的标准，“君子之道，忠恕而已”“小人气大，君子量大”“能容小人，方成君子。”

佛教起源于印度，于东汉时期传入中国，长期的渗透和交融，让佛教文化与我国传统文化融为一体。宽恕思想

[1] 来可泓．论语直解 [M]. 上海：复旦大学出版社，2000：168.

在佛教文化中多有体现，佛教宣传众生平等，众生疾苦，秉持“慈悲为怀，普度众生”的观点。

佛教认为众生皆苦，皆要受生、老、病、死、轮回之苦，而修行的目的在于远离轮回之苦，也就是度到彼岸世界。那么如何“度”呢？如果只是自己修行，修出离心，那只是小乘佛法，须有慈悲之心，普度众生之心，才是大乘佛法。这也是《西游记》中唐三藏去西天取经，求取大乘佛法，希望普度众生的原因。这里的众生，不仅包括亲朋、友人、陌生人、世间万物，还包括仇人、坏人，甚至妖孽、冤魂、鬼怪。地藏王菩萨常驻地狱，“地狱不空，誓不成佛”，可见佛教所倡导的大慈大悲之心，将众生看作平等，不念旧恶，皆普度之。

对待作恶之人，佛教认为是有因果报应的，前世做的恶，欠的债，今世需要偿还。经过六道轮回，善人转世入天界道，普通人转世入人间道（修罗道），而恶人将会轮回入下三道：地狱道、饿鬼道和畜生道。但是，佛教并不是不给作恶之人或犯错之人改过自新的机会，如我们耳熟能详的“放下屠刀，立地成佛”。只要真心认错，真心悔改，无论犯了何种错，佛都会宽恕的。只要看破无明，回归本心，转染成净，仍可到达彼岸。

另外佛教认为万象皆空，“空即是色，色即是空”，我们在人世所看到的一些现象都是幻象，让人痛苦、入恶的，莫如贪、嗔、痴。而其中的嗔，是指嗔怒、生气、怨恨。佛教认为“一心之嗔，千般为恶”“一念嗔心起，百万障门开”，因为有了怨恨，内心再也无法平静，善念全无，已经入了地狱，随时可能做出伤害众生的恶行。佛教反对怨恨，反对报复，认为一心要报复之人是无法看破，无法做到无我，因为执着（执念），所以痛苦。而唯有慈悲之心，才可消除嗔恶，度一切苦厄。

简言之，佛怀有大慈大悲之心，要度苦厄中的芸芸众生，对作恶之人，只要他诚心悔改，佛愿意宽恕，也可“立地成佛”；修行之人，在修行过程中要戒贪、嗔、痴，秉持正心、善念，去除我见，做到“不念旧恶，不憎恶人”。（《八大人觉经》）而那些充满怨念，一心要报复，陷入嗔恶，而不自知、自觉的人，因为执念，无法超脱苦厄，只能接受无尽的六道轮回之苦。可见，佛教是宣扬慈悲，宣扬宽恕之心的。

道教文化植根于中华文化，其以包容、道法自然、无为著称，其中也蕴含着丰富的宽恕思想。

老子认为“ 有物混成，先天地生。寂兮寥兮，独立而不改，周行而不殆，可以为天下母。吾不知其名，字之曰道，强为之名，曰大。大曰逝，逝曰远，远曰反。故道大，天大，地大，人亦大。域中有四大，而人居其一焉。人法地，地法天，天法道，道法自然”，“道生一，一生二，二生三，三生万物。”（《道德经》）万物是具有包容性的，其中以“道”为最大，道产生了天、地，产生了人类，又由其衍生出万物，而万物又是统一的。庄子的《齐物论》写道：“天地与我并生，万物与我为一。”既然道家的世界观是万物，是统一的整体，是极具包容性的，这也就为善、爱、宽恕提供了土壤。

道家最有代表性的思想是“无为”，政治上“无为而治”，修行上“守柔不争”。老子以“水”为例，阐释“不争”和外柔内刚，《道德经》有“天下莫柔弱于水，而攻坚强者莫之能胜；其无以易之”“上善若水。水善利万物而不争，处众人之所恶，故几于道。”水看起来似乎是天下最弱的，它与万物皆不争，但是它又是最强的，无其他看起来强大的物可以战胜它。另一则以柔克刚的轶事，是孔子去拜访老子，向他求教，老子没有说话，只是张开嘴巴，孔子看到老子的牙齿几乎都掉光了，老子又动了动舌头，于是孔子会意，拜谢老子离开。后子路问何意，孔子说老子让他看牙齿和舌头，牙齿虽然看似坚固，日月磕损，几乎掉光了，舌头看似软弱，但却一直保持灵活，老子主张的柔术，以柔克刚就是这个道理。不难看出，道家文化主张不争，主张怀柔，以宏大的胸怀面对万事万物，道法自然，心存善念，以谦弱作为处事之法，自然崇尚宽恕、慈善，反对好勇斗狠，反对以暴制暴，反对冤冤相报。

在对待仇怨上，老子指出要以德报怨，在《道德经》中明确论述“为无为，事无事，味无味。大小多少，报怨以德”，“圣人无常心，以百姓心为心。善者吾善之，不善者吾亦善之，德善。”可见，道家文化对宽恕的推崇，它将善者与不善者平等看待，摒弃“常心”和偏见，以德和善对待万事万物。在“报怨”问题上，老子已经超越了“以怨报怨”和“以直报怨”，他的哲学思想是包容世间万物，也包括以柔、善之德对待仇怨，达到“无为”“无我”的最高人生境界。

二、西方文化下的宽恕

西方文化中，“最早阐释宽恕的文献可能是《希伯来圣经》和《新约》”[1]，它们将宽恕解释为上帝对犯罪人的原谅、赦免和免除惩罚。如果说道德在中华传统文化中起到向导、指引和规训的作用，那么在西方文化，宗教便是起到相同作用的力量，它指导和约束着人们的起居饮食，一言一行。在西方宗教文化中，尤其是基督教文化中蕴含着浓厚而又深刻的 forgiveness（宽恕）思想，其宽恕的含义相比东方文化中的“恕道”，也更符合当代心理学宽恕领域研究的概念。

西方文化，普遍认为人性本恶，人是有“原罪”（sin）的。人类祖先亚当和夏娃，不听上帝警戒，偷吃禁果便犯了原罪。当上帝问亚当为何要偷吃禁果时，亚当说是夏娃让他吃的，上帝又问夏娃为何要偷吃禁果时，夏娃说是蛇诱骗她吃的，犯了错误，不愿承担，推诿于人，更是一种恶。因为“恶”与“原罪”，西方人相信人是生而有罪的，既然人人都有“罪”，人人都带有“恶”，那么人人都需要寻求上帝的宽恕，进而西方的宽恕更平常，更普遍，也更平等，彼此有了宽恕的迫切需求，宽恕的土壤更肥沃。而与此对比的是，东方文化普遍来说是相信人性本善的，因为本善，所以要求高。做了善事，与人为善，是顺应本性，寻求本元，而作了恶便是违背了本性，小人才常作恶。所以宽恕的主体是圣人，是君子，只有小人和恶人才要被宽恕。

西方的宽恕体现在两个层面上。一是上帝对人的宽恕。

[1] 罗春明，黄希庭. 宽恕的心理学研究 [J]. 心理科学进展，2004，12（6）：908-915.

上帝是慈爱的，“耶和华在他一切所行的，无不公义，在他一切所作的都有慈爱”（《旧约·诗篇》），他的仁慈和宽恕无所不在，以其子耶稣为人赎罪，钉死在十字架上为最。上帝之子耶稣（基督教相信是上帝的化身），降临人世，行医，救人，传道，以无私之爱爱世间有罪之人。最后耶稣为了替罪孽深重的人类赎罪，甘愿钉死在十字架上，是上帝无条件之爱，宽恕之爱的体现，“不是我们爱上帝，乃是上帝爱我们，差他的儿子为我们的罪作了挽回祭，这就是爱了。”（《新约·约翰》）因为上帝是仁慈的，是无条件爱他的子民的，所以人也要爱上帝。

爱上帝，就需要听上帝的教诲。第二个层次的宽恕是人对人的宽恕。耶稣在传教时，教导教众，如何对待仇敌，“你们听见有话说：‘当爱你的邻舍，恨你的仇敌。’只是我告诉你们：要爱你的仇敌，为那逼迫你们的祷告”（《新约·马太福音》），“你们听见有话说：以眼还眼，以牙还牙，只是我告诉你们：不要与恶人作对。有人打你的右脸，连左脸也转过来由他打；有人想要告你，要拿你的里衣，连外衣也要由他拿去；有人强逼你走一里路，你就同他走二里；有求你的，就给他；有向你借贷，不可推辞。”（《新约·马太福音》）可见，基督教反对报复，反对以暴制暴，宣扬宽恕，用爱来感化。

总的来说，西方的宽恕思想与宗教的慈爱、宽恕密不可分，根源于人类的原罪，来源于上帝对子民的爱与宽恕，承继于上帝对子民的教诲，子民爱上帝，爱邻里，爱仇敌，彼此相爱，彼此宽恕。

三、中西文化中宽恕的异同

由于历史、文化、民族性、价值观的诸多差异，中西方宽恕的内涵有不小的区别，其差异性主要体现在以下三点：

一是道德修养与宗教信仰的区别。中华文化是儒、释、道三家共同构成的主流的文化，但是这三家的地位却有差别。儒家文化是东汉以后近两千年的封建统治推崇的正统文化，是普通百姓从生到死都要沉浸的文化氛围，并且通过科举考试，规定了知识分子阶层必须接受和认同的价值导向。通过“独尊儒术”的思想教化，教化出奉行孔孟之道的知识分子阶层，再通过科举考试，选拔出学习儒家思想中的佼佼者成为国家的管理阶层，这样一方面保证了儒家思想统治国家、教化百姓的稳定地位，另一方面让百姓看到阶层流动，主要是从贫民阶层向上流动，在没有战争、军功的时代，只有通过熟读儒家经典，接受儒家思想，参加科举考试才有可能，从而巩固儒家思想的绝对统治地位。相比而言，道家和佛教思想的受众较小。作为宗教，道教宣扬无为而治，倡导庄子那样的“梦蝴蝶”的隐士，不求功名，道法自然的逍遥，佛教宣扬万物皆空，诸法幻象，修行，去除贪、嗔、痴、恶，摒弃我见、执着，以求超越生死，跳出轮回，达到彼岸，这无疑也是“出世”的哲学。所以，道家和佛教所倡导的思想，真正接受并身体践行的人并不在多数，而这么做的人也多是隐士、修行之人，这种“世外高人”对普通百姓的影响远不如“学而优则仕”的状元、举人。不可否认，道家和佛教的很多思想在潜移默化中影响着中国人的民族性格，但是中华文化并不是一个全民信仰宗教的文化，它更多的是一种带着“有所求”而去拜的功利心理。在有需求时去拜菩萨、拜龙王、拜土地，不分宗教派别，有用就行，不像西方宗教，全民信教，渗透到起居、饮食等日常生活中的点点滴滴。所以，中华传统文化是以儒家思想为绝对导向，道家、佛教渗透影响的文化，而西方国家的文化是以宗教作为价值导向和行为规则，指导和约束全民行为和生活的文化。

由此，宽恕在其中的差别可见一斑。中华文化下的宽恕是一种作为道德标准的宽恕，是君子修身之道，区别君子和小人的标准；而西方文化下的宽恕则是一种宗教文化的宽恕，是作为信仰的宽恕。

二是君子仁爱与上帝慈爱的区别。中西方文化中的宽恕，一个是道德修养的宽恕，一个是宗教信仰的宽恕，所以它们背后所表现出的爱也是有差异的，一个是君子的仁爱，一个是上帝的慈爱。中华文化下的宽恕，是一种较高的道德标准，是基于人性本善下，君子对于作恶，尤其是小人的“恕”。换句话说，“恕”的要求是一种较高的道德要求，不是对全民的，不是对无知妇孺、市井村夫的，而是对君子的，甚至是圣人的。选择以怨报德是小人所为，以怨报怨是普通人所为，而以直报怨或以德报怨则是君子所为，做到了“恕”，则是站在了道德的较高领地，说明道德修养已经到了一定的高度，可以称为君子了，他们对于小人、作恶之人的宽恕在道德上是有高低之别的。

而西方文化下的宽恕，起源于上帝的慈爱之心，是基于人人都有原罪，人人都需要被宽恕的基础上的。从神的角度看，是从上至下的；而从人的角度看，则是人人平等的。信徒基于对上帝的爱，遵循上帝的教诲，将爱与宽恕作为信仰，不怨恨，不报复，爱邻居，甚至爱仇敌，这种宽恕是人与人之间相对平等的宽恕，因为我们都生而有罪，谁并不比谁更高尚，都需要救赎，这样的宽恕缺少道德上的优越性。此外，因为西方文化中的全民信教，人人都被慈爱的上帝宽恕，人人也都需要基于上帝之爱，宽恕有罪之人，这里的宽恕不再是对小众的道德标准，而是全民的信仰使然。

三是立人达人与实现信仰的区别。中华文化中的恕，相比西方文化的宽恕，内涵更为丰富，除了原谅、赦免以外，还有“以己推人”的含义，原因在于“仁”是内核，“忠恕”是道。所以，东方文化下“恕”作为一种道德标准，一种“一以贯之”的修养身心的方法，是“立世”“爱人”的表现，以达到“立人达人，成人成物”的目的，通俗来说就是成为君子。

而西方文化的宽恕作为一种宗教信仰，更侧重于原谅、宽赦、救赎的内涵。因为上帝慈爱，因为敬爱上帝，信徒按照上帝的教诲行事，宽恕他人，表达慈爱，以期待获得救赎，实现自我。这与其他宗教，如佛教的宽恕目的是一样的。佛教徒遵从佛经教诲，摒弃贪、嗔、痴的恶念，放下执着，放下无我，潜心修道，不怨恨，慈悲为怀，以期达到脱离苦海，到达彼岸世界的目的。所以，可以简单概括，东西方的宽恕，一个旨在“成人”，一个希望“成神（佛）”。

虽然，东西方文化中的宽恕在内涵、目的、对象上有一定区别，但是他们都强调宽恕是一种爱，一种美德。是一种化解人际纠纷，解决人际矛盾，让社会和谐的方法，是一种不断提高个人修养（修为），以期达到更高境界的方法。两种文化对宽恕都是赞扬和倡导的。

第三节　宽恕的效用

一、宽恕是进化的产物

进化心理学家认为宽恕是进化的产物，不仅是各种文化中人类的共性和本能，也是很多动物，尤其是群居动物的本能，因为宽恕是他们适应环境的产物，更有利于其生存和发展。

宽恕有利于相同基因的保存。许多动物，包括人类，在对待仇敌时，常会采用以血还血的形式进行报复，有时候这种报复手段极其残忍和血腥。但是，我们很少听到人或者动物杀害或伤害和自己有血缘关系的亲人，尤其是至亲，中国古语也有云“虎毒不食子”。常见的凶杀案件，凶手与被害人的关系多是有利益瓜葛的熟人、有情感瓜葛的恋人或者陌生人。诚然，也有一些震惊全国的惨案，如李磊灭门案件（杀害自己一家六口，包括两个亲生的孩子），山西男童被伯母挖眼睛案件，这些类似案件的犯罪人，其中不乏一些有明显的反社会人格或精神疾病，并且这些极端案件，由于媒体的作用为人熟知，但是相对于谋杀案件来说，所占比例还是极小。所以，总的来说，绝大多数动物和人类一般不会对与自己有血缘关系的亲人下手。

那么为什么采用极端手段报复亲人的现象极少呢？除了可以用亲人之间一般需要相互依赖，亲人之间有爱和依恋，向亲人报复为世俗伦理所不容的解释以外，从进化心理学的角度来说，报复尤其是杀害亲人，不利于自身基因的延续，是一种变相的自杀行为。至亲，如父母、子女、兄弟、姐妹，他们享有50%的共同基因，同卵双生子共有100%的基因，而稍微远一些的亲戚，也共享相同的基因（如12.5%等），如果杀害至亲或是亲戚，就等于在不同程度上减小自身基因传递至后代的可能性，这是违背生物生存与发展的本能的，是物种进化所不允许的。所以，从这个角度说，宽恕与我们有血缘关系的个体，尤其是至亲关系的人，不去报复，是一种生物得以生存、繁衍所进化出的本能。

宽恕促使熟人之间的合作。我们知道，很多物种，尤其是群居动物，要想存活并不断繁衍下去，合作是必不可少的。例如，猿猴、恒河猴、山羊、海豚、鬣狗等，他们在自然选择中，靠相互依赖、彼此合作才得以生存。群居动物如猿类，它们需要在觅食、梳洗、养育后代、捕猎、警戒天敌来袭中相互合作；海豚需要在繁衍后代方面相互合作，公海豚通力合作，将一只雌海豚隔离开，再与它交配，这听起来类似人类的性侵行为，却是海豚的繁衍方式；山羊、绵羊成群生活，目的是依仗群体的力量，警惕捕食者，即使被捕食者发现，它们也只是损失一两名成员，不至全军覆灭，比单独生活存活率更高。

由此可见，群居动物的生存更依赖于合作，那么它们相比独居动物是否更易宽恕呢？答案是肯定的。

MuCullough [1] 以猫科动物做对比进行研究。猫不是群居动物，它们的自然社会团体是其出生的家庭。也有许多没有血缘关系的猫看似是一个群体，因为它们生活在同一屋檐下，被同一主人豢养。它们一起吃饭，一起玩耍，但是实际上就生存而言，它们（成年后）不需要从另一个成年个体里获得任何生存资源，它们在哺乳动物里是为数不多的散居动物，真正的“独行侠”。而猫的性格是孤傲的，它们的领地意识极强，一旦发现领地被入侵，一定会报复反击，在冲突后，也没有主动和解的意愿和表现。

那么对于社会性极强，需要合作的人类来说，宽恕又是否是其本性呢？MuCullough [2] 参照 Martin Daly 和 Margo Wilson 对报复的跨文化研究，选取 60 个地区文化，研究其文献中是否包含宽恕、和解等相应概念。结果发现，56 种（93%）文化均有宽恕概念，这些宽恕常出现在夫妻关系中、亲子关系中、团体成员内以及邻里关系中，只有 4 个地区未见：北极圈的楚克、巴西波洛洛、北美的波尼和克拉马斯地区的印第安人聚居区。MuCullough 认为，并不是说这 4 个地区人际交往中没有宽恕，而是有时不易观察。进化生物学家 David Sloan Wilson 解释道：“在狩猎社会中找到宽恕的概念很困难，倒不是因为这种文化下没有宽恕，

[1] Mccullough M E. Beyond Revenge : The Evolution of the Forgiveness Instinct [Hardcover][J]. Journal of Positive Psychology，2008，5（1）: 125.

[2] Mccullough M E. Beyond Revenge : The Evolution of the Forgiveness Instinct [Hardcover][J]. Journal of Positive Psychology，2008，5（1）: 121-122.

而是宽恕常常自然而然地发生，以至于人们忽视了它。”[1]另外，MuCullough 认为，93% 的地区出现了宽恕的概念，这与统计学上 95% 的统计标准接近，我们便认为宽恕是跨文化存在的，是人类的特性。

宽恕是人类的普遍特性还可以从幼童身上得到验证。Butovskaya[2] 等研究者，通过 CT 扫描俄罗斯、美国、日本儿童的大脑，发现早在孩子三四岁即出现了宽恕倾向。并且发现卡尔梅克六七岁的孩子（俄罗斯地区，蒙古人的后裔，信仰佛教，以热爱和平著称），是地球上已知的最积极宽恕和和解的生物。孩子们寻求宽恕与和解的方法与成年人类似，他们通过道歉、分享食物与玩具、邀请一起游戏，拥抱，以期达到握手言和。

由此可见，宽恕是需要合作的群居动物的天性，也是人类的天性。那么宽恕如何在人类漫长的历史中，帮助人类适应环境，成为进化的产物呢？

宽恕的第二个功能是促使熟人之间的合作，这个功能对生物的生存与发展更加重要。这里的熟人我们定义为无血缘关系的人，从最亲密的夫妻、恋人、挚友，到普通朋友、同事、团体成员、邻居等。

---

[1] Sosis R. Darwin's Cathedral：Evolution，Religion，and the Nature of Society：By David Sloan Wilson[J]. Evolution & Human Behavior，2003，24（2）：195.

[2] Multicultural view of peacemaking among young children[J]. Natural Conflict Resolution，2000，：243-258.

MuCullough[1] 以想象实验证明，相比陌生人，我们更愿意宽恕熟人。原因在于熟人之间有更多的交集，更需要合作。设想，夫妻一方犯有严重错误（如出轨行为），或争吵后，如果双方或一方不愿宽恕，不和解，那么结果只能是婚姻破裂，共同体解散，各奔东西。而如果一段婚姻加入孩子的因素，显然抚养一个孩子，需要花费大量的人力、物力、财力，需要夫妻双方的通力合作，单独一方如果想独立抚养孩子确实是一项艰巨的任务，这时夫妻双方往往愿意为了孩子，化解矛盾，继续生活。合作的需要也从另一个角度解释了为何有孩子的夫妇比没有孩子的夫妇婚姻更稳定。另外在出轨问题上，台湾的一项社会调查显示，经济不独立的妇女（通常是没有工作的），在丈夫出轨后，往往愿意接受道歉，继续婚姻，而经济独立的妇女在丈夫出轨后，选择离婚的比例远高于经济不独立的妇女。原因仍然在于，没有工作的妇女对丈夫的依赖性更大，更需要婚姻这个共同体来保证其生活甚至生存。也是基于同样的道理，现代社会越来越多的女性在外工作，经济独立，越来越不像古代妇女那样依赖婚姻，于是出现了离婚潮、剩女等诸多现象。实际上，从生物生存进化的角度说，婚姻也是一种合作，男女双方甚至多方（一夫多妻或一妻多夫），为了繁衍子嗣的目的，结成同盟体。

如果是朋友冒犯了我们，只要这个冒犯不足够严重，不触及底线，我们常常会选择宽恕，而不是报复。因为一

[1] Mccullough M E. Beyond Revenge : The Evolution of the Forgiveness Instinct（Hardcover）[J]. Journal of Positive Psychology，2008，5（1）：103.

旦把朋友变成了敌人，我们将失去很多资源，“多个朋友多条路，多个敌人多堵墙。”并且，由于情感、现实的需要，我们需要重新找朋友，这一过程需要投资大量的时间、精力和金钱，并且是否能找到心灵契合的朋友不光需要单方的努力，还需要机遇，即使重新找到了这样的朋友，谁又能保证他不会也冒犯你呢？所以，我们是理性的生物，进化是寻求利益的最大化，宽恕朋友也成为人类多数文化下的常见行为。

再以邻居关系或室友关系为例，如果邻里间，尤其是室友间，出现了矛盾，发生了争吵，那么生活在这种环境下的人是非常痛苦的，这也可以从中国大学里的极端案件，主要出现在室友之间可以看出。如果不原谅或和解，为了生活重回舒适中，唯一的办法只能是搬离。卖房子再买房子，或重新租房子，换合租者，亦或者是申请换室友（几乎是不可能的），这些办法光是想一想就让人觉得成本太大，更何况如果折腾完，在新的居住地再有类似的情况，怎么办呢？

我们愿意宽恕朋友或邻居，因为他们与我们多有合作，那么提高合作是否会增加宽恕的可能性呢？Cords 和 Thurnheer [1] 以 14 只雌性长尾猕猴为对象，设计前测、后测的实验。实验的前测阶段，研究者通过长期的观察，发现这些长尾猕猴在出现矛盾后，宽恕与和解的比率为 25% 左右。实验阶段，研究者将长尾猕猴分为 7 组，进行训练，教会它们两两合作才会有食物。如果一只猴子饿了，它必

---

[1] Cords M S Thurnheer. Reconciling with Valuable Partners by Long-tailed Macaques[J]. Ethology，1993，93（4）：315-325.

须等待另一只猴子也想吃东西，它们合作才能取到食物。也就是说研究者通过实验操纵，将长尾猕猴之间的关系变成关乎生存的有价值的关系。在它们熟练地通过合作获取食物后，后测宽恕与和解的比率上升为50%，是原来的两倍。最后，研究者给那些在日常交往中被欺负了的猕猴两种选择：一是原谅伤害者，继续与它合作获取食物；二是持有怨恨，但是得饿着肚子。它们都选择了和解和有饭吃。当然，这个实验中也存在让人质疑的地方，以饿肚子为要挟，获得的和解是否是真的和解，并且和解与宽恕之间也有一定区别。但是，我们依然可以看出，合作的增加，联系的加强，确实可以增加宽恕的可能性。

在人类的进化过程中，我们去宽恕，尤其是那些与我们生活紧密，或者称为共享日常生活的熟人，但是并非是没有底线的。进化的模拟程序表明，当我们与朋友、邻居打交道时，我们常使用“三（或四、五）振出局（three strikes and you’re out）”[1]的策略。通常，人们允许朋友或是邻居冒犯他们一次、两次，他们不予计较，但是当冒犯到达某个数量（实际上头脑里并不会设定具体的数字，只是下意识地感到不可再原谅时），他们意识到再次合作的可能性极小，再交往下去还会出现更多的冒犯与伤害。于是，他们或是以愤怒爆发来报复，或是以沉默拒绝来隔离，来解除彼此间的关系。实际上，“三振出局”的策略，在情侣关系，甚至夫妻关系中也适用，它是人类进化而来的策

[1] Flannelly K J. Beyond Revenge：The Evolution of the Forgiveness Instinct（Hardcover）[J]. Journal of Health Care Chaplaincy，2008，5（1）：105.

略选择，既愿意多次宽恕、和解以促进熟人间的合作，又为个体设置底线，以保护个体不反复受到伤害。

宽恕在进化中的第三个作用是有助于宽恕者建立声望。人们虽然绝大多数时间是和最熟的人在打交道，但是不可避免地需要与相对陌生的人接触，需要合作获得其帮助。现代社会，由于交通工具，尤其是网络的发达，人们可以与千里之外的人合作，甚至匿名不出家门通过互联网即可，但是原始社会乃至封建社会，人类社交的范围不大，个体的行为表现，多是通过口口相传告知于相对陌生的人。那么声望对于个体生存和发展的意义尤为重大。如果个体为人友善，仁德待人，朋友有错，能够宽恕，甚至做到“宁可天下人负我，不可我负天下人”，拥有这样的声望，那么其朋友自然越来越多，愿意与其合作的人越来越多，他获得的资源就会更多，更有利于他以及子孙后代的发展。相反，如果一个人计较、暴力，有仇必报，以眼还眼，这样的名声传出去，没有人敢轻易冒犯他，但同时也避而远之，不愿与其接触，长期下去，自然与之合作的人越来越少，社会资源也越来越少，生存和繁衍尤为困难，甚至被环境淘汰。

由以上的论述可以看出，宽恕是适应环境，自然选择的产物，它是付出与收益上最大化的选择结果，但实际上现实生活中的宽恕，行为人并没有经过理性的比较，计算收益而做出选择，它有时候只是表现出一种迫切的需求。这便是生物进化的神奇，经过上百万年的进化，很多有利于我们的选择只是表现为我们不明真相的需求、本能反应或是直觉，如“或战或逃”，我们不需要意识的控制，便在最短时间里做出最优决策。所以，今天的人们常常在宽恕前体验到一种焦虑的情绪，这种焦虑与不安往往推动我们做出宽恕决定。

二、宽恕对健康的影响

20世纪80年代开始，西方心理学咨询和治疗领域开始关注宽恕与健康的关系，并尝试将宽恕应用于心理治疗。我国学者对宽恕领域的关注，也多从宽恕与健康开始，目前对宽恕的研究也主要集中于宽恕与心理健康、抑郁、焦虑、幸福感等。2005年以后，这方面的文章大量发表，成果显著。

宽恕对健康是有利的还是不利的，目前绝大部分的学者认为宽恕有利于身心健康，并主张用宽恕干预进行创伤治疗。

“宽恕那些伤害过你的人，不是为了显示你的宽宏大度，而首先是为了你的健康，如果仇恨成为了你的生活方式，那你就选择了最糟糕的生活。”[1]李湘晖[2]以323名本科生为被测试者，用中国-Mullet宽恕问卷和症状自评量表（SCL-90）测量宽恕水平和心理健康状况，皮尔逊相关表明宽恕水平和症状呈显著负相关，表明宽恕水平高的个体心理更健康。对宽恕与心理健康的研究，主要集中关注它与焦虑、抑郁和生活满意度几个维度。

---

[1] 李兆良. 国外关于宽恕的心理学研究述评 [J]. 医学与社会，2009，22（3）：62-65.

[2] 李湘晖. 大学生宽恕与心理健康的相关分析 [J]. 中国健康心理学杂志，2008，16（7）：734-737.

1. **宽恕与焦虑、抑郁**

国外学者对于宽恕与焦虑、抑郁的关系研究，主要在心理咨询和治疗领域。Hebl 和 Enright [1] 以 26 名情感上受到严重伤害，至今尚未摆脱的老年女性为被测试者，她们的平均年龄为 74.5 岁，将她们随机分为两组，经过 8 周的宽恕干预治疗，实验组被试的宽恕水平和意愿显著高于参照组，而焦虑水平和抑郁水平显著低于参照组，相比 8 周前，也有显著下降。Al-Mabuk [2] 对缺失父母关爱的青少年进行研究发现，经过宽恕训练后，其焦虑水平显著降低。Subkoviak 也发现，高宽恕水平的青少年，焦虑水平较低。Coyle [3] 以 10 名因妻子堕胎而受伤的男性为被测试者，经过 12 周的宽恕干预治疗，其愤怒水平、焦虑水平都有显著下降。

我国学者的实证研究相对国外较少，主要是以问卷测量的方法，研究宽恕倾向特质与焦虑、抑郁之间的关系。胡三嫚等 [4] 对 236 名大学二年级学生进行问卷调查，发现宽

---

[1] Hebl J，Enright R D. Forgiveness as a Psychotherapeutic Goal with Elderly Females[J]. Psychotherapy：Theory，Research，Practice，Training，1993，30（4）：658-667.

[2] Radhi H. Al - Mabuk，Enright R D，Cardis P A. Forgiveness Education with Parentally Love - deprived Late Adolescents[J]. Journal of Moral Education，1995，24（4）：440-442.

[3] Coyle C T，R D Enright Forgiveness Intervention with Postabortion Men.[J]. Journal of Consulting and Clinical Psychology，1997，65（6）：1042-1046.

[4] 胡三嫚，张爱卿，钟华 . 大学二年级学生人际宽恕与报复心理及其与抑郁的关系研究 [J]. 心理发展与教育，2005，V21（1）：104-108.

恕倾向对抑郁有负向预测作用。李湘晖[1]对323名本科生的心理量表测试表明，宽恕水平与躯体化症状、焦虑、敌对、偏执等负相关关系。

2. 宽恕与主观幸福感

国外学者 Hapiro[2] 发现宽恕与主观幸福感显著相关，John 等人发现，当侵犯者与被害人关系亲密时，被害人的宽恕对其主观幸福感的预测作用显著增加。

我国学者以大学生为被测试者，也证实宽恕与主观幸福感、生活满意度的正向关系。黄华金[3]对 237 名大学生进行 Hearland 宽恕量表和主观幸福感量表测验，发现宽恕自己、宽恕他人与主观幸福感和生活满意度呈正相关。张登浩、武艳俊[4]以 371 名大学生为被测试者，对其宽恕性特质、社会支持和主观幸福感进行测试，结果发现社会支持在其中起到部分中介的作用，宽恕特质可以直接正向预测主观幸福感，也可以通过社会支持这一中介变量预测幸福感。

由于身心关系的紧密性，临床医学也开始关注宽恕对

[1] 李湘晖 . 大学生宽恕与心理健康的相关研究 [D]. 南京：南京师范大学，2007.

[2] Shapiro D L. The Effects of Explanations on Negative Reactions to Deceit[J]. Administrative Science Quarterly，1991，36（4）：614-630.

[3] 黄华金 . 大学生主观幸福感与宽恕心理的现状及关系研究 [J]. 社会心理科学，2009（2）：120-124.

[4] 张登浩，武艳俊 . 人格宽恕性与心理健康：社会支持的中介作用 [J]. 中国临床心理学杂志，2012，20（4）：577-579.

生理健康的影响。其影响主要表现在宽恕有助于减少心血管疾病的发生，提高机体的免疫力。吉姆•丁克奇博士发现，“当人们进行了系统的原谅学习后，心血管功能显著提高，血压下降，心率减缓。”[1] Scheidt [2] 认为，宽恕有助于降低慢性交感神经系统唤醒，减少肾上腺素的分泌，从而降低血压，减少动脉硬化和心脏病。也有一些研究从反面证明，不宽恕、愤怒、对他人抱有持续的敌意，容易诱发心血管疾病。Affleck 研究发现，经常对他人持有敌意，容易谴责别人的人更容易患心脏病。在免疫系统方面，有一些间接的研究证据证明宽恕可以提高机体的免疫力，而压力、愤怒、焦虑等则降低机体的免疫力。McCraty [3] 等发现积极的情绪比抑郁、愤怒等消极情绪更有助于免疫力的提高。心理神经免疫学的研究也证明，人类或非人类的灵长类动物长期的社会心理混乱降低了免疫力，因此也降低了个人应对生物和心理社会性病原体时的主动抗拒能力。[4]

总而言之，宽恕有助于人类身体健康的提高，幸福感

[1] 吉姆•丁克奇，袁小茶 . 那些伤，为什么我还放不下 [M]. 南宁：广西科学技术出版社，2014：80.

[2] Scheidt S S. A whirlwind Tour of Cardiology for the Mental Health Professional.[J]. 1996：15- 124.

[3] Mccraty R，Atkinson M，Tiller W A，et al. The Effects of Emotions on Short-term Power Spectrum Analysis of Heart Rate Variability. [J]. American Journal of Cardiology，1995，76（14）：1089- 1093.

[4] 李兆良 . 国外关于宽恕的心理学研究述评 [J]. 医学与社会，2009，22（3）：62-65.

的提升，这也是西方国家宽恕培训、宽恕干预治疗愈发流行的原因。

三、宽恕对再次侵犯的作用

宽恕会增加再次侵犯还是减少再次侵犯，是宽恕研究最具争议的问题，也是一些心理咨询师、心理治疗师不敢轻易使用宽恕干预的顾虑。

多数学者认为宽恕表现在人际关系中是一种亲社会行为，可以有效减少再次侵犯。

受害者选择了宽恕，就表示他不再持有怨恨、不满，不再企图报复，这给侵犯者传递一种信息，他无需再保持警戒，防止报复。这一点对侵犯者来说是有绝对好处的。即使侵犯者在各方面都远胜于受害者，甚至像奴隶社会、封建社会的首领、君主，仍然惧怕难防的“暗箭”，并且这种提心吊胆的日子很折磨人，况且还没有时限，“不怕贼偷，就怕贼惦记”，这种“惦记”可能会让侵犯者寝食难安。心理学上称之为焦虑，并发展为弥散性焦虑，会让人身心严重受损，生活满意度骤降。我们看到，很多再次侵害的原因在于侵犯者的内心恐惧，害怕遭到报复，而要趁胜追击，甚至要先下手为强。而一旦受害者宽恕了，报复的可能性消失了，侵犯者的心头大石得以放下，也就不会进行再次伤害。

在得到宽恕后，侵犯者很容易感受到内疚和不安，觉得亏欠受害人。Kelln 和 Ellard 认为，被害者选择了宽恕，就表示他不再持有怨恨、不满，不再企图报复，这种不再追究的做法，会让受害者和侵犯者地位不再平等，侵犯者会感到亏欠被害人，内疚、羞愧等情绪会让侵犯者试图补偿，而不会再次侵害。

当侵犯双方是熟人关系时，侵犯者意识到，既然受害者愿意宽恕，一方面说明和他重建关系的可能性更大，另一方面也说明受害者是个宽宏大量之人，是个值得交往的人。Exline 和 Baumeister[1] 也指出，在社会人际关系中，宽恕在人际关系中传递的是一种友善，人们往往更愿意向那些表达善意的人报之以善意。基于此，他更愿意做出道歉、赔偿等行为，来弥补自己的过错，希望与受害者重新建立人际关系，再次侵犯的可能性减小。反之，如果受害者不愿宽恕，侵犯者感受到的是敌意，是关系破裂，出于自保或不满等情绪，再次侵犯的可能性增大。

西方心理学家 Wallace 提出受害者的宽恕容易帮助侵犯者自我宽恕。真正的自我宽恕不是逃避，而是坦诚自己的“罪过”，意识到自己对被害人造成的伤害，经历过内心痛苦、折磨后，在被害人的宽恕下，终于不再沉浸在自责、悔恨等负性情绪中，灵魂得到救赎。真正的自我宽恕对侵犯者和被害人都有利。国外很多研究指出，自我宽恕可以促使亲社会行为的发生[2]，从这个角度说，宽恕可以降低再

---

[1] Exline J J，Baumeister R F. Expressing Forgiveness and Repentance：Benefits and Barriers.[C]// M E Mccullough & K Pargament & C E Thoresen，Forgiveness：Theory，Research & Practice. 2000.

[2] 张田，丁雪辰，翁晶，傅宏，薛艳 .“得寸进尺”还是“适可而止”：基于冒犯者角度对宽恕结果的讨论 [J]. 心理科学进展，2014，22（1）：104-111.

次侵犯的可能性。

也有一种观点认为宽恕可能会增加再次侵犯。实践中，被害者对宽恕最大的担忧是，“我宽恕了他，他再伤害我怎么办。”这种想法并不是没有道理，很多人都认为宽恕展示的是一种“善”“和”，同时也是一种“柔”，而“柔”与“弱”究竟有多大差异呢？如果敌人对我报以攻击，我选择宽恕，而非反抗，是不是表示我是好欺负的，可以被经常欺负的？

家庭暴力现象，是宽恕策略备受争议的焦点。Stover[1]指出，家庭暴力中存在“伤害—道歉—宽恕—和解—再伤害”的怪圈。我们经常听到或看到的家暴情形：妻子被丈夫拳脚相加，妻子愤怒、委屈、抗议，甚至离家出走，要求离婚与丈夫断绝关系，丈夫为了维持婚姻关系，真诚道歉（或真心或假意），甚至跪地认错，痛哭流涕，向妻子发誓再也不会出现这样的伤害，并反复表示这都是爱她，在意她才这么做。妻子心软，决定原谅丈夫，但是过不了多久，家暴再次出现，并且比之前更为严重。同样的做法，丈夫再次认错、悔过、保证，妻子再次心软，家暴继续恶性循环。这种情况，正是西方心理咨询师面临的难题，他们不知道是不是应该让受害者宽恕，宽恕是不是意味着将受害者重新推进火坑，继续受到伤害。

[1] Stover C S. Domestic Violence Research：，What Have We Learned and Where Do We Go From Here?[J]. Journal of Interpersonal Violence，2005，20（4）：448–454.

同时，Exline 和 Baumeister[1] 指出，宽恕并不是每个侵犯者都希望获得的，有时宽恕对于某些侵犯者来说是一种侮辱。确实存在一些情况，侵犯者对受害者的攻击不是工具性攻击，而是敌对性攻击，不是以伤害作为获得资源的手段，而是将伤害作为目的本身，就是希望看到受害者痛苦、受折磨、受到教训。而如果获悉受害者宽恕了他，不再怨恨，不再试图报复，侵犯者感受到的不是解脱和释怀，而是失望和愤怒，他会认为没有达到他伤害的目的，可能他的伤害还不够严重，企图进行更为严重的再次侵犯。更有甚者，得知受害者宽恕，感到道德上的不平等，认为受害者是不屑与之为伍，对他是鄙夷，激起他的愤怒，誓要让受害者为他的“鄙夷行为”负责。Fonseca[2] 等学者对监狱重刑犯进行研究发现，重刑犯，尤其是杀人犯，他们并不认同宽恕，反而将其看成不道德的。

另外，宽恕可能通过缓解侵犯者内在的心理压力，让其不再内疚，而增加再次侵犯的可能性。Wallace 在指出受害者的宽恕有助于侵犯者自我宽恕外，也指出自我宽恕会降低侵犯者的内疚程度。侵犯者不再内疚，一方面他可能觉得自己的侵犯并没有带来多么严重的伤害，受害者愿意宽恕也

[1] Exline J J，Baumeister R F. Expressing forgiveness and repentance：Benefits and barriers.[C]// M E Mccullough & K Pargament & C E Thoresen，Forgiveness：Theory，Research & Practice. 2000.

[2] Fonseca A C M，Félix Neto，Mullet E. Dispositional Forgiveness Among Homicide Offenders[J]. Journal of Forensic Psychiatry & Psychology，2012，23（3）：410-416.

是这个原因，另一方面，不再内疚是一种“两不相欠”的释然，愧疚感和良知不再阻止他的侵犯行为。

需要特别指出的是，在侵害双方对侵害事件本身观点不一致时，宽恕也可能会激发侵犯者的再次攻击。被害人认为侵犯者的行为，对其造成严重伤害，他在身体上和心理上备受煎熬，由于意识到不宽恕就无法走出伤害的“囚牢”，对自己不利，在经过长期的努力后，终于宽恕了侵犯者。而侵犯者并不认为自己伤害了受害者，甚至认为自己才是受害者（常见于家庭矛盾中的公说公有理婆说婆有理，以婆媳矛盾最为突出），当获悉自己被宽恕时，感受到的是莫名其妙，是委屈和不公，是要理论一番，但另一方已经不想再纠结此事，很可能的结果是侵犯者再次侵犯，让受害者明白什么是他理解的伤害，来发泄自己不满的情绪。

从两方的论证可以看出，究竟宽恕是能减少再次侵害还是增加，在于人的差别。持宽恕能够减少再次侵害的学者，本质上是认为人性本善的。其研究对象也多为大学生或普通人，侵犯内容多为日常人际上的冲突。他们认为人们在对他人造成伤害后是有悔恨的，在得到他人宽恕后是愧疚和羞愧的，是希望与受害者重建关系的。而持宽恕可能增加再次侵害观点的学者，多是以监狱的犯人、严重伤害为研究对象的。我们看到这些普通人眼中的“坏人”，很多想法会让一般人难以接受，“怎么宽恕就能成为侮辱呢？”在这样的认知偏差下，他们将宽恕视为不道德，视为侮辱，必然会增加再次攻击的可能性。还有一种情况，是双方在侵犯事件能否成为伤害，甚至谁才是受害者上认知不一致，就很难认定宽恕的存在，因为受宽恕方至始至终不认为是侵害，甚至自己才是受害者，所以不能接受宽恕，也就无所谓宽恕是增加还是减少再次侵犯。

虽然，侵害在日常生活中最多见的还是人际交往间小的伤害，侵犯的个体也多是我们普通意义上的好人或普通人，他们人性本善，会悔过，会内疚。但是不可否认，那些严重侵害同样存在，每天都在发生，普通人眼中的“恶人”就是以我们难以理解的视角看待问题，所以，简单地回答宽恕可以减少再次侵犯，或增加再次侵犯，在研究层面上是没有意义的。我们并不能因为多数情况而忽视少数情况，尽管研究者多数已经认同宽恕是一种相对安全的策略，可以减少侵犯者的再次攻击。[1]

此外，我国学者张田等[2]从宽恕与和解的关系、自我宽恕的认知和人际互动关系这三点分析了两种观点差异的原因。他认为，尽管学术界已经共识宽恕与和解有很大区别，但是由于二者的紧密联系，其区别还是容易被人忽视。宽恕是个体内在的心理变化、动机转变，选择宽恕并不表示一定要修复彼此的关系，从这个意义上说，心理咨询师无需担忧宽恕会将个体推入再次受伤的境地，因为宽恕是个人的事情，并不是必须要重建关系。而和解的前提是信

[1] Wallace H M，Exline J J，Baumeister R F. Interpersonal consequences of forgiveness：Does forgiveness deter or encourage repeat offenses?[J]. Journal of Experimental Social Psychology，2008，44（2）：453-460.

[2] 张田，丁雪辰，翁晶，傅宏，薛艳 .“得寸进尺”还是“适可而止”：基于冒犯者角度对宽恕结果的讨论 [J]. 心理科学进展，2014，22（1）：104-111.

任，相信不会再被伤害，才可能接受和解。只要严格区分宽恕与和解，便不会陷入反复被侵害的怪圈。在自我宽恕上，张田等人认为，自我宽恕有真实与虚假之分，真正的自我宽恕会增加个体的亲社会性，个体能够降低敌意，增加友善，减少攻击性。而虚假的自我宽恕，是一种自我逃避和责任推卸。因为真实与虚假自我宽恕的混淆，造成对侵犯者面对宽恕不同的内心体验。在人际互动关系上，宽恕是懦弱、被动的表现，还是强者、友善的表现，不同文化对其有影响，大部分的研究者也已经认可宽恕并非妥协和懦弱。

在宽恕是否可以减少进一步伤害问题上，笔者比较赞同 McCullough [1] 的观点，将宽恕和报复作为一种（进化）策略，而非道德评判标准。既然宽恕是一种策略选择，那么它在再次伤害问题上就存在适应性的问题，对什么样的个体或群体，在什么样的情境下，宽恕可以降低再次侵犯，对什么样的个体或群体，在什么样的情境下，宽恕又会增加再次侵犯。这些问题将在本书第四章进行实证检验和讨论。

---

[1] M E Mccullough，R Kurzban，B A Tabak.Evolved Mechanisms for Revenge and Forgiveness[J].Behavioral & Brain Sciences，2011//Stonier，Carl. Human aggression and Violence-Causes，Manifestations and Consequences[J]. Counselling and Psychotherapy Research，2012，12（1）：81-82.

第四节　宽恕与恢复性司法

一、恢复性司法的复兴

恢复性司法（Restorative justice）概念在国内的翻译并不一致，香港称为复合公义，台湾称为复归正义，而大陆译为恢复性正义、修复性司法或恢复性司法，原因在于英文的“justice”既是正义，又是程序，而汉语的两层意思分离，目前来说在大陆学界普遍接受其为恢复性司法。

20 世纪末，由于被害人运动的兴起和传统刑事司法遇到的困境，恢复性司法走向复兴。恢复性司法有着悠久的历史传统，最早溯源于原始社会，解决部落成员间的矛盾纠纷，部落长老作为调停人，以道歉、赔偿替代复仇。“恢复性司法可以被认为是一种古老的价值观和现代视点的结合体，是人类社会法治发展到一定境界以后的一种更高层次的回归。”[1] 张旭、蔡一军认为，恢复性司法的复兴有其深层次的原因：（1）传统刑事司法面临的困境，主要表现在报应和矫治存在冲突、对被害人权益的漠视以及司法资

[1] 陈晓明 . 修复性司法的理论与实践 [M]. 北京：法律出版社，2006：74.

源投入过大，造成社会负担过重；（2）刑事政策的变革为恢复性司法的产生提供了土壤；（3）人权保护的深入。[1]

对于恢复性司法的界定，一直存在争议，有学者认为，它是“对某一犯罪行为，所有利害关系人共同聚在一起处理其犯罪结果的一种过程”[2]；有学者认为“恢复性司法，即关注社区健康的恢复，修复已造成的伤害，满足被害人的要求并强调犯罪人能够而且必须对这种恢复与修复做出贡献”，《关于在刑事事项中采用恢复性司法方案的基本原则》认为：“恢复性程序是指通常在调解人帮助下，受害人和罪犯及酌情包括受犯罪影响的任何其他个人或社区成员，共同积极参与解决由犯罪造成的问题的程序。”[3] 这是目前比较权威的有关恢复性司法的界定。

那么恢复性司法所恢复的是什么呢？刘方权（2005）认为，恢复性司法恢复的是“平等尊严、尊重的社会关系”[4]，而恢复性司法国内最早引入者吴宗宪（2002）[5] 则更具体地指出恢复包括被害人、社区和犯罪人三个方面。从被害人角

---

[1] 张旭，蔡一军．恢复性司法践行理路探析——以欧洲的实践为视角 [J]. 当代法学，2007，21（4）：18-24.

[2] Marshall T. The Evaluation of Restorative Conference Justice in Britain[J].European Journal on Criminal Policy and Research，1996（4），21-43.

[3] 彭海青．论恢复性司法 [J]. 中国刑事法杂志，2004（3）：83-91.

[4] 刘方权．恢复性司法：一个概念性框架 [J]. 山东警察学院学报，2005，17（1）：31-36.

[5] 吴宗宪．恢复性司法述评 [J]. 江苏警官学院学报，2002（3）：69-85.

度看，需要恢复被害人的身体、精神（心理）损害和财产损失；从社区角度看，需要恢复社区的人际关系、安全度等；而从犯罪人角度看，需要恢复犯罪人的身心健康，尤其是要帮助他在服刑后回归到正常的生活中，重新被社区等接受，从而预防再次犯罪。

二、恢复性司法的模式

吴宗宪在介绍美国《恢复性司法事实小册子》[1]时，介绍了恢复性司法的七种运行模式：社区恢复委员会、量刑小组、赔偿、社区服务、被害后果陈述、被害人犯罪人调解以及家庭小组会议。[2]

目前，国际上普遍认可恢复性司法模式（或称形式）为：被害人与犯罪人和解、协商以及圆桌会谈。被害人与犯罪人和解模式，是最常见的恢复性司法模式，该模式由一名经过专业司法培训的人作为中间人，召集被害人和犯罪人面对面进行调解。这个调解过程通常包括受害者将自己的身心伤害做陈述、双方协商经济赔偿事宜，效果良好的调解还包括犯罪人的忏悔和道歉以及被害人的宽恕等。需要注意的是恢复性司法模式下的调解不同于现行法律制度下的民事调解，受害人与犯罪人在调解中的地位是不平等的，受害人占主导地位。从各国的实践情况来看，和解模式最终的目的并不是双方情感上达到和解，而是经济赔

[1] Restorative Justice Fact Sheet[DB/OL].http://ssw.che.umn.edu/rjp
[2] 吴宗宪．恢复性司法述评 [J]. 江苏警官学院学报，2002（3）：69-85.

偿上达到共识。

协商，也称作家庭小组会议，他与和解最大的不同在于参加者众多，除了包括受害人和犯罪人，还包括受害者的亲属（尤其是间接受害人）以及犯罪人的家属或朋友（犯罪人的支持者，并不是指支持其犯罪）。这种模式起源于新西兰毛利人的青少年法庭，多在社区、学校举行。因为参加协商的人数众多，如何保证代表不同利益的人不在会议上七嘴八舌，争论不休，甚至引发争吵，谈判进行不下去，需要主持人对协商现场的严格掌控，通常的做法是双方选出各自的代表作为主要发言人。从有利性方面说，“司法系统的专业人员发现，在参加家庭小组会议后，许多被害人的恐惧感有所减弱。”[1] 需要指出的是，某些案件并不适合受害方和侵害方碰面，如强奸、谋杀等恶性暴力案件，双方碰面会对受害者心理产生再次伤害的风险，许多欧洲国家以调停人分别碰面，多次与双方交涉的方法，期望达成赔偿协议。

圆桌会谈模式，起源于加拿大印第安土著居民的实践，它比协商模式参与的群体更广泛，除了案件双方的利益当事人，对案件感兴趣的人也可参与，并在其中有发言机会。在会议中，常以某一物品作为发言权的象征，只有持有该物品才可进行观点阐述。

在实践中，恢复性司法已在很多国家实行，在加拿大、美国、澳大利亚、新西兰、新加坡、巴西、智利、阿根廷等

---

[1] 吴宗宪 . 恢复性司法述评 [J]. 江苏警官学院学报，2002（3）：69-85.

国发展迅速。目前为止，恢复性司法主要适用于青少年犯罪案件和一些轻微案件（如盗窃、轻伤害等）。恢复性司法的适用条件以及与报应性司法的关系和地位问题，是学界对恢复性司法的主要争论焦点，它在我国是否有其合适的土壤，应该如何定位，将在第五章进行讨论。

三、恢复性司法中的和解与宽恕思想

从恢复性司法的主要模式可以看出，和解是贯穿始终的，既是手段也是目的。而和解能否达成与道歉和宽恕（或称谅解）密不可分。“恢复性司法的倡导者虽然并不否认人们对于犯罪人之憎恨态度的合理性—甚至是有益性，但也坚持认为要警惕这种憎恨态度产生的反效果，就此而言如果司法程序想要产生积极的效果，那么就必须从憎恨走向谅解。”[1]

Retzinger 和 Scheff [2] 将修复分为物质性修复（material reparation）和象征性修复（symbolic reparation），并认为象征性修复是修复被害人与犯罪人的关系，这一修复比物质修复更加重要，应该作为物质性修复的前提。在象征性修复中，他们提出了“核心步骤”：“犯罪人首先真诚地表达

[1] 格里•约翰斯通.恢复性司法：理念、价值与争议[M].郝方昉，译.北京：中国人民公安大学出版社，2011：164.

[2] Retzinger S，Scheff T. Strategy for Community Conference：Emotions and Social Bonds，In Galaway B. Hudson J.（eds.）Restorative Justice：International Perspectives，Monsy，NY：Criminal Justice Press，315-336.

对其行为的羞耻感和悔悟之情。作为回应，被害人至少要采取一些旨在谅解犯罪人的初步措施。”[1]

也就是说在最理想的恢复性司法程序中，双方当事人在调停者的介入下，面对面，抱有诚意以关系修复和物质赔偿为目的进行协商。受害方首先陈述自己因犯罪所承受的身体和精神（心理）损失以及财产损失（包括医疗费支付等）。犯罪人直观地感受到因自己的罪行带给受害人的痛苦，羞愧、忏悔，以口头或书面形式向被害者及其亲属道歉，愿意赔偿损害，尽最大努力修复犯罪带来的损害。受害人接受道歉，愿意宽恕犯罪人，最后双方和解并达成赔偿协议，即“忏悔 / 道歉—宽恕—和解”的理想过程。

这一理想过程在实践操作中很难进行。如何能够证明忏悔、道歉是真心的，宽恕也是发自内心的呢？这一点也是恢复性司法遭受质疑的原因。在宗教文化占主导的地区，在宗教的影响下，忏悔、宽恕、和解更易达成，宗教的力量有助于恢复性司法过程的完成。但在并无宗教信仰的地区，道歉、宽恕、和解实际极难做到。在实际工作中，我们听到大量的法官和狱警将道歉、宽恕、赔偿、和解作为“一种利益的博弈”。实际工作中，因为被害人谅解书可以在一定程度上减轻量刑，所以犯罪人愿意用赔偿来换取受害人的谅解，而受害方为了获得补偿，愿意以谅解书作为

---

[1] Retzinger，S. & Scheff，T.（1996）. Strategy for Community Conference：Emotions and Social Bonds，In Galaway，B. & Hudson，J.（eds.）Restorative Justice：International Perspectives，Monsy，NY：Criminal Justice Press，PP.315-336.

交换条件。但是，这种情形也多是无奈之举，在真实的案件中，以伤害案件为例，受害一方为了治病花费几万甚至十几万，这往往是受害人一家的积蓄，这其中还有花费大量钱财救治无效的情况，而多数犯罪人在经济上也不富裕，十几万也几乎是一家的积蓄，只有在谅解可以换取减少量刑时间的前提下，犯罪人父母愿意将一生节衣缩食的钱拿出来赔偿，而犯罪人确实悔恨、愧疚，但更多的是对家人。被害方实际更加被动，一些被害家庭死者已逝，生者还欠下几十万元的医药费，他们内心对犯罪人的恨意恐怕不会消失，但迫于生存，只能以谅解书作为唯一可以谈判的资本，法官们此时所坚持的公平、正义承载了现实太多的无可奈何。

第四章
策略选择的实证研究

在前三章对报复、惩罚、宽恕策略的论述中，我们看到每一种策略在遏制再次侵犯上的效果都存在争议。报复可以让侵犯者为侵犯行为付出代价，甚至得不偿失，从而威慑侵犯者不再侵犯，但是也有冤冤相报、不断复仇，甚至两个家族相互报复百年的现象，从这个角度说报复又会增加再次侵犯的可能性；惩罚从报复中演化而来，以中立、公权力为特性，教育、威慑、改造侵犯者，遏制再犯；但也有行为主义观点表明惩罚只是压抑，有时愤怒的情绪会增加攻击行为，而拥有庞大监狱系统，严刑峻法的国家并没有拥有更低的犯罪率；宽恕作为一种善，以爱来促进良好的人际关系和亲社会行为，让侵犯者愧疚、悔过，从而减少再次侵犯，但也有受害者担心宽恕是一种示弱，会让侵犯者得寸进尺，并且一些犯罪人也表示他们并不期待宽恕，并将宽恕视为不道德，从这个角度说宽恕又会促进再次侵犯。

报复、惩罚和宽恕三种策略又是彼此排斥的。报复和惩罚处于一端，宽恕处于另外一端，行为人选择报复或诉诸于公的惩罚，就不是宽恕，反之，行为人宽恕了侵犯者，就意味着他放弃了报复和惩罚。而报复和惩罚虽然处在相同的一端，并且刑法进化论认为刑罚（惩罚）源于报复，但是二者也相互排斥，私人报复被公权力的惩罚（刑罚）所禁止，受害人选择的报复，便是与公权力作对，不可能再寻求惩罚，若是寻求惩罚，也无需再进行私自报复。报复、惩罚、宽恕对受害者来说是一道单项选择题。

既然报复、惩罚、宽恕策略在再次侵犯问题上自相矛盾，而三种策略又彼此排斥，我们不禁要问，究竟何种策略才能减小再次侵犯的概率？如果说这个问题涵盖了太多不定因素，只能视情况而定，那么对什么样的人，或者在什么情况下，受害人选择某种策略被再次攻击的可能性更小、更安全呢？

第一节 影响再次侵犯的实验研究：报复、惩罚、沉默，还是宽恕？[1]

本研究希望全面考察受害者应对策略因素，研究 1 以囚徒困境为范式，研究受害者应对策略和报复机会对侵犯者再次侵犯的影响。研究假设如下：（1）受害者的应对策略对侵犯者再次侵犯影响显著；（2）报复机会对侵犯者再次侵犯影响显著，有报复机会时再次侵犯更低。研究 2 引入侵犯者年龄变量，采用外部效度较高的故事情境法，探讨侵犯者差异与受害者应对策略是否存在交互作用。研究假设如下：（1）受害者的应对策略对侵犯者悔改动机、再次侵犯影响显著；（2）年龄对侵犯者悔改动机的影响显著，

[1] 李婕 . 影响再次侵犯的实验研究：报复、惩罚、沉默、还是宽恕 ?[J]. 心理科学，2016（2）：424-429.

青少年的悔改动机最低；（3）年龄对侵犯者再次侵犯影响显著，青少年再次侵犯最高；（4）受害者的应对策略与侵犯者年龄在悔改动机、再次侵犯上存在交互作用。

一、研究 1：大学生群体的实验研究

1. 被试

采用随机抽样，在 XX 大学招募被试者 66 人，男性 27 人，女性 39 人，剔除 2 份未完整作答的，剩余 64 份有效数据。

2. 实验设计

实验采用 4（受害者策略：报复、沉默、惩罚、宽恕）×2（报复机会：有、无）混合设计。自变量为受害者应对策略（被试内变量）和报复机会（被试间变量），因变量为再次侵犯。

3. 实验材料

包括一张卡片和一个 C 语言程序。卡片上含有编号和游戏轮数。1 轮表示没有报复机会，2 轮表示有报复机会，实际都只进行 1 轮游戏。C 语言程序以“囚徒困境”为范式，让被试者在实验安排下“侵害”其他玩家，呈现其他玩家反馈，记录被试反应。

4. 实验程序

被试者进入实验室，随机选择一台计算机，阅读卡片，录入编号后开始游戏。游戏中被试者将和其他 5 名玩家（不存在），分别进行博弈游戏，可以选择“合作”或“竞争”，若都选“合作”，各得 10 元；都选“竞争”，各得 2

元；一人选“合作”，一人选“竞争”，“合作”者得0元，“竞争”者得20元。

被试者首先抽到“3号”，告知其被选为实验暗中助手，在第一轮的5次游戏中需听从安排选择“竞争”。接着呈现结果：4名玩家选择“合作”，收益0元，成为“受害者”，1名玩家选择“竞争”，目的是让被试者相信其他5名玩家的存在。然后要求被试者对其他5名玩家评价，接着呈现“其他玩家”对被试者的评价，包括报复、惩罚、沉默和宽恕四种反馈。被试者阅读评价后，对其报复意愿、宽恕意愿以及下一轮与他游戏时继续选择“竞争”的可能性进行1～10分评分。最后进入权利环节，被试者需选1名玩家，对其进行扣除奖金惩罚。实验结束，主试者向被试者表示感谢。

5. 研究结果

（1）侵犯者对受害者反馈认知

在每次评价反馈呈现后，都要求被试者对评价者的报复与宽恕意愿进行1～10分评分，结果如表4.1.1所示。

表4.1.1 侵犯者对不同策略受害者的反馈认知

侵犯者的反馈认知	人数（n）	报复者（$M\pm SD$）	惩罚者（$M\pm SD$）	沉默者（$M\pm SD$）	宽恕者（$M\pm SD$）
报复意愿感知	64	8.73 ± 1.89	6.42 ± 2.45	3.73 ± 2.31	2.83 ± 2.39
宽恕意愿感知	64	1.58 ± 1.39	3.80 ± 2.40	4.91 ± 2.66	7.42 ± 2.47

单因素重复测量方差分析结果表明，侵犯者对不同策略受害者报复意愿感知差异显著，F（3，61）=104.35，p <0.01，η^2 =0.84，事后检验表明侵犯者对不同策略受害者反

馈感知两两差异显著（$p<0.01$），说明实验设计中不同的反馈评价可以很好地区分不同策略的受害者。

（2）受害者不同应对策略、报复机会对再次侵犯意向的影响

有无报复机会下受害者应对策略对再次侵犯的影响如表 4.1.2 所示。

表 4.1.2 不同应对策略的受害者被再次侵犯的可能性

报复机会	人数（n）	对报复者（$M\pm SD$）	对惩罚者（$M\pm SD$）	对沉默者（$M\pm SD$）	对宽恕者（$M\pm SD$）
无	32	7.75 ± 2.95	7.09 ± 2.76	6 ± 2.91	5.03 ± 3.36
有	32	7.69 ± 3.07	8.09 ± 2.78	7.25 ± 2.55	5.53 ± 3.55

本实验为混合设计，故采用多因素重复方差分析，应对策略主效应显著，$F(3, 186)=19.17$，$p<0.01$，$\eta^2=0.24$，报复机会主效应不显著，$F(1, 62)=1.23$，$p=0.27>0.05$，二者交互作用不显著，$F(3, 60)=1.27$，$p=0.29>0.05$。事后检验表明，报复与惩罚策略差异不显著（$MD=0.13$，$p>0.05$）；报复比沉默（$MD=1.10$，$p<0.05$）和宽恕（$MD=2.44$，$p<0.05$），惩罚比沉默（$MD=0.97$，$p<0.05$）和宽恕（$MD=2.31$，$p<0.05$），沉默比宽恕（$MD=1.34$，$p<0.05$）更易引发再次侵犯。

（3）受害者不同应对策略、报复机会对再次侵犯行为的影响

权利阶段要求被试者迫选一名玩家作为侵犯对象，频次见表 4.1.3。

表 4.1.3 迫选再次侵犯对象的频次

报复机会	报复者	惩罚者	沉默者	宽恕者	非受害者
无	14	7	1	4	6
有	18	4	3	2	5
合计	32	11	4	6	11

无报复机会下，卡方检验结果，$\chi^2 = 14.54$，$df = 4$，$p < 0.01$，有报复机会下，卡方检验结果，$\chi^2 = 27.06$，$df = 4$，$p < 0.01$，在不考虑是否有报复机会时，卡方检验结果，$\chi^2 = 38.97$，$df = 4$，$p < 0.01$，均显示迫选对象频次差异显著，报复者被选中的可能性最大，沉默和宽恕者可能性最小。

6. 讨论

本实验对再次侵犯的考查包括再次侵犯意向和再次侵犯行为，结果发现无论是意向还是行为，宽恕、沉默受害者都低于报复与惩罚受害者，与 Wallace 等的研究结果具有一致性。但由于侵犯行为采用迫选的方式，结果报复者明显高于惩罚者。

在报复机会问题上，以往的研究普遍认为，如果存在报复机会，被试者合作的可能性将增加。这一结论在侵犯行为中得到验证，若将策略划分为宽恕与非宽恕两种类型，则可发现有报复机会下，再次侵犯宽恕者下降 50%，因为示好宽恕者，可以确保在下轮游戏中获利。而非宽恕的四种策略，差异复杂，因无前人研究，还有待深入探讨。侵犯意向上未得到验证，可能由于意向的考察易受即时情绪的影响，不同于决策行为有较多理性考虑。

研究 1 采用囚徒困境法，较好地规避实验赞许性，内部效度较好，但与真实侵犯场景差异较大，外部效度有所不足，由此为提高外部效度，研究 2 采用更符合生活场景的故事脚本法对该问题深入研究。

二、研究 2：各年龄段群体的实验研究

1．被试

采用方便抽样和整体抽样法（如从 X 中学整班抽取高三学生 47 人，从 X 村按户抽取被试者 73 名），从甘肃 X 市、山西 X 市，抽取被试者 240 名，剔除无效样本 13 人，剩余 227 人。男性 101 人，女性 123 人，年龄最小 16 岁，最大 80 岁，平均 37.52±16.64 岁。初中及以下文化 30 人，高中 93 人，大专、本科 96 人，研究生及以上 6 人，未报告 2 人。

2. 实验设计

采用 4（受害者策略：报复、沉默、惩罚、宽恕）×4（侵犯者年龄段：青少年、成年早期、壮年、中老年）的混合实验设计。自变量为受害者策略（被试内变量）、年龄段（被试间变量），因变量为悔改动机和再次侵犯。

3. 实验材料

参考宽恕研究，自编故事脚本，内容为与朋友四人为山区建图书馆，结果因自己的过错，只有自己被社会得知并表扬，事后向朋友道歉，得知朋友有报复、惩罚、沉默和原谅的不同反应。悔改动机的考察包括 3 个问题：恢复关系的可能性、对受害者更好和给予金钱补偿，再次侵犯的考察为年终推选优秀居民拒绝推荐朋友。

4．实验程序

主试者阅读实验指导语，请被试者假定自己是故事主

人公，阅读材料后对4个问题做1～10分评分，最后请被试者填写性别、年龄、学历等人口学变量，并表示感谢。

5. 研究结果

（1）悔改动机与再次侵犯关系

被试总体的悔改动机和再次侵犯无相关（$r=0.04$，$p=0.26>0.05$），16～20岁被试二者呈中等程度负相关（$r=-0.58$，$p<0.01$），21～35岁被试二者呈极弱相关（$r=0.14$，$p<0.05$），36～50岁被试、50岁以上被试二者呈弱相关（$r=0.3$，$p<0.01$；$r=0.38$，$p<0.01$）。

（2）不同策略、年龄对悔改动机的影响

年龄段的划分，尚未有统一标准[1]，由于被试年龄跨度大，不宜划分过细，考虑具体年龄分布，将20、35、50定为年龄界点。悔改动机的分数是前三个问题分数之和，各年龄段被试对不同策略受害者的悔改动机见表4.1.4。

表4.1.4 不同年龄段被试对不同策略受害者的悔改动机

年龄（岁）	年龄均数（$M\pm SD$）	人数（n）	对报复者（$M\pm SD$）	对惩罚者（$M\pm SD$）	对沉默者（$M\pm SD$）	对宽恕者（$M\pm SD$）
16-20	18.28±1.77	60	16.22±6.25	17.43±5.73	22.38±4.6	27.27±3.38
21-35	30.14±3.27	58	19.59±7.68	18.71±6.93	23.09±4.22	26.21±4.10
36-50	43.14±4.31	57	17.96±7.37	19.40±6.11	23.77±4.83	26.75±3.70
50以上	61.77±7.67	52	16.44±5.46	18.25±4.66	21.69±5.60	24.71±5.14

以受害者应对策略、侵犯者年龄段为自变量，悔改

[1] 注：中国传统年龄划分将18、40、65作为界点；联合国卫生组织将45、60作为界点；最新的观点将25、35、45、55、65作为界点，可见，整十、整五多作为年龄界点。

动机为因变量，进行多因素重复测量方差分析，结果显示应对策略主效应显著，F（3，221）= 1.21，p <0.01，η^2 =0.62，年龄段主效应不显著，F（3，223）= 2.229，p=0.09 >0.05，p=0.09 应对策略与年龄段的交互作用显著，F（9，669）= 2.56，p <0.01，η^2=0.03，见图 2。

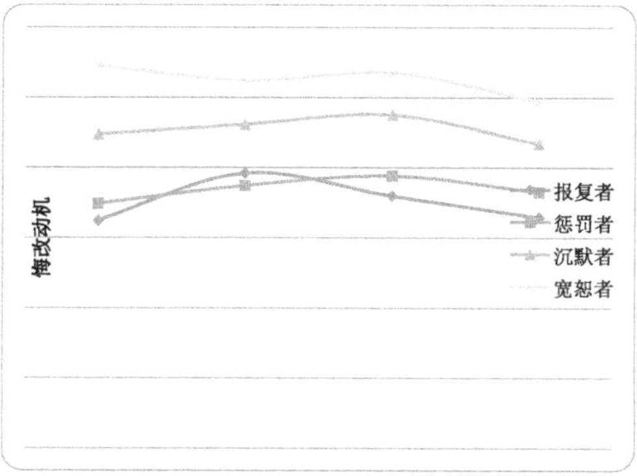

图 2 应对策略和年龄段在悔改动机上的交互作用

因应对策略和年龄段交互作用显著，故进行简单的效应分析，结果发现不同应对策略对悔改动机的影响在不同年龄段（16 ～ 20 岁：F（3，221）= 53.29，p <0.01 ；21 ～ 35 岁：F（3，221）= 26.37，p <0.01 ；36 ～ 50 岁：F（3，221）= 28.13，p <0.01 ；50 岁以上：F（3，221）= 22.20，p <0.01）差异均显著。进一步对每个年龄段进行事后检验，结果发现，只有 21 ～ 35 岁被试者对报复者和惩罚者的悔改动机差异不显著（MD =0.87，p >0.05），其他各年龄段被试者对不同应对策略受害者的悔改动机两两差异显著（p <0.05），从高到低依次为宽恕者、沉默者、惩罚者和报复者。

（3）不同应对策略、年龄对再次侵犯的影响

不同年龄段被试对不同策略受害者的再次侵犯差异很

大，如表 4.1.5 所示。

表 4.1.5 不同年龄段被试对不同应对策略受害者的再次侵犯

年龄（岁）	年龄均数（$M \pm SD$）	人数（n）	对报复者（$M \pm SD$）	对惩罚者（$M \pm SD$）	对沉默者（$M \pm SD$）	对宽恕者（$M \pm SD$）
16～20	18.28 ± 1.77	60	6.88 ± 2.71	6.23 ± 2.30	4.10 ± 2.59	2.25 ± 2.07
21～35	30.14 ± 3.27	58	5.98 ± 2.83	5.98 ± 2.63	5.48 ± 2.43	5.90 ± 2.85
36～50	43.14 ± 4.31	57	5.18 ± 3.38	6.23 ± 3.02	6.77 ± 3.05	6.67 ± 3.56
50 以上	61.77 ± 7.67	52	5.26 ± 3.18	6.50 ± 2.75	7.06 ± 2.48	7.21 ± 3.13

以应对策略、年龄段为自变量，再次侵犯为因变量，方差分析结果显示，应对策略主效应显著，F（3，221）=3.33，$p<0.01$，$\eta^2=0.04$，年龄段主效应显著，F（3，223）=10.66，$p<0.01$，$\eta^2=0.13$，应对策略与年龄段的交互作用显著，F（9，669）=7.85，$p<0.01$，$\eta^2=0.10$，见图 3。

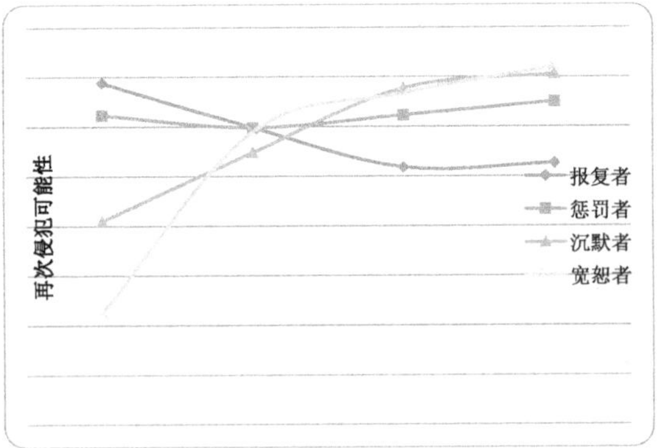

图 3 应对策略和年龄段在再次侵犯上的交互作用

简单效应分析发现，不同应对策略对再次侵犯的影响上，除 21～35 岁被试不显著（F（3，221）=0.63，p

>0.05）外，16 ～ 20 岁被试（F（3，221）= 23.27，p <0.01）、36 ～ 50 岁被试（F（3，221）= 3.39，p <0.05）和 50 岁以上被试（F（3，221）= 4.15，p<0.01）差异均显著。进一步进行事后检验，发现 16 ～ 20 岁被试者对报复者与惩罚者的再次侵犯差异边缘显著（MD =0.65，p =0.07 >0.05），其余两两差异显著，从高到底依次为报复者、惩罚者、沉默者和宽恕者；36 ～ 50 岁和 50 岁以上被试，对报复者的再次侵犯低于其他三种（p <0.01），惩罚者、沉默者和宽恕者两两差异不显著（p >0.05）。

6. 讨论

悔改动机与再次侵犯关系上，前人研究结果表明二者呈负相关，本研究的 16 ～ 20 岁被试与 Wallace 的大学生被试年龄相吻合，验证了该结论，而其他年龄段被试二者关系更复杂，可能随着年龄的增长，个体的行为决策受到除动机外更多因素的影响 [1]。

侵犯者年龄对再次侵犯的影响显著，与受害者应对策略交互作用显著，是本实验的重要发现。随着年龄的增加，再次侵犯报复者的可能性降低，一种解释是青春期以后，随着年龄的增长，雄性激素分泌下降，情绪冲动性降低，另一方面，随着年龄和阅历的增加，个体家庭责任感上升 [2]，不愿轻易招惹是非。从文化层面、民族性格予以解

[1] 王登峰，崔红．行为的跨情境一致性及人格与行为的关系——对人格内涵及其中西方差异的理论与实证分析 [J]. 心理学报，2006，38（4）：543-552.

[2] 李贵卿，井润田，吴继红．工作—生活多角色责任感的测量及影响研究 [J]. 中国工业经济，2010（4）：130-140.

释，中国人尚忍[1]，害怕被报复，在这种文化中浸染的时间越久，受到的影响越深。加之中国的地域文化差异很大，本研究被试者取自传统文化保留最多的甘肃、山西两地，他们适应忍耐、崇祖迷信[2]，法治观念较落后，如果被试选取北京、上海、东北或沿海地区，结果可能会有差异。

三、综合讨论

研究 1 和研究 2 均发现受害者策略对再次侵犯影响显著，研究 1 以大学生为被试者，其结果与研究 2 的 16 ～ 20 岁被试的结果具有一致性。

由于受害者应对策略与侵犯者再次侵犯问题的复杂性，为严格控制额外变量，符合实验伦理，本研究的实验情境与日常生活中真实场景有一定差异，推广需谨慎。今后研究可采用外部效度更高的叙事法深入研究，此外可重点关注以下两个角度：从认知、动机、行为决策机制探索受害者策略与侵犯者再次侵犯的关系；从文化层面探索不同地域文化群体、宗教文化群体在该问题上的差异。

本研究选择四种策略进行研究，希望以此探讨私力报复、报应性司法与恢复性司法的适用与效能。无论是报复、

[1] 陈萍 . 中国人尚忍心态的心理学研究 [D]. 南京：南京师范大学，2006.

[2] 张海钟，姜永志，赵文进，等 . 中国区域跨文化心理学理论探索与实证研究 [J]. 心理科学进展，2012，20（8）：1229-1236.

惩罚还是宽恕都是适应环境的产物[1]，但它们所适应的环境与现代社会的环境已有很大不同。报复产生于原始社会之前，是公权力未建立时的主要社会法则[2]，随着国家的出现，刑罚替代并禁止报复。刑罚理论不断变迁，但报应论依旧占主导地位[3]，我国现行的司法模式也是报应性司法。宽恕与和解是恢复性司法的核心步骤[4]，恢复性司法是当代国际刑罚理论的新思潮，但其适用性备受质疑。[5]总的来说，各种司法理念下的策略在减少再次侵犯、预防犯罪方面都有其效用，但同时存在风险。现代社会，报复策略已经水土不服，风险明显超过收益，本研究已验证其可能激发再次侵犯。宽恕的内涵中西文化有很大差异[6]，在我国的适用性有待检验，国际上恢复性司法主要适用于青少年法

[1] Flannelly K J. Beyond Revenge：The Evolution of the Forgiveness Instinct（Hardcover）[J]. Journal of Health Care Chaplaincy，2008，5（1）：97-100，23-24.

[2] 穗积陈重 . 复仇与法律 [M]. 曾玉婷，魏磊杰，译 . 北京：中国法制出版社，2013.

[3] 王立峰 . 惩罚的哲理 [M]. 北京：清华大学出版社，2013.

[4] Retzinger S. Scheff T. Strategy for Community Conference：Emotions and Social Bonds，In Galaway，B. & Hudson，J.（Eds.），Restorative justice：International perspectives（pp.315-336）. Monsy，NY：Criminal Justice Press.

[5] 唐芳 . 恢复性司法的困境及其超越 [J]. 法律科学（西北政法大学学报），2006，24（4）：55-63

[6] 李兆良 . 宽恕内涵的本土心理学反思 [D]. 长春：吉林大学，2011.

庭[1]，与本研究青少年被试者再次侵犯宽恕者的可能性最低相佐证。所以，目前来看，我国坚持以惩罚为中心的报应性司法为主，以宽恕、和解为核心的恢复性司法为有益补充和尝试，是最稳妥的策略。

四、结论

受害者的不同应对策略对侵犯者再次侵犯的影响显著，报复机会对再次侵犯意向影响不显著，但对再次侵犯行为影响显著。侵犯者年龄对悔改动机、再次侵犯影响显著，侵犯者年龄与受害者的不同策略在悔改动机和再次侵犯上交互作用显著。在悔改动机上，各年龄段被试者对宽恕者的悔改动机最高，对报复和惩罚者最低，而在再次侵犯上，随着年龄的增加，再次侵犯报复者的可能性降低。从司法视角来看，报复策略风险大于收益，目前较为稳妥的策略是以惩罚为中心的报应性司法为主，以宽恕为核心的恢复性司法为补充，在青少年群体中做有益尝试。

[1] 张旭，蔡一军．恢复性司法践行理路探析——以欧洲的实践为视角 [J]. 当代法学，2007，21（4）：18-24.

第二节 受害者应对策略对暴力犯罪人再次侵犯的质性研究

本着从特殊到一般再到特殊的研究路径，如果聚焦侵犯行为最集中的群体——暴力犯罪人，那么结果是怎样的呢？

一、研究目的

本研究采用目的性抽样，选取侵犯行为较多、程度较为严重的暴力犯罪人作为研究对象，进行质性研究。通过半结构式访谈收集资料，运用扎根理论及逐级编码方式对资料进行分析，旨在描述暴力犯罪人侵害事件的特点，选择再次侵犯的受害人偏好，并尝试解读其心理过程。

二、研究方法

1. 研究对象

本研究采用目的性抽样，从侵犯最频繁、最严重的暴力犯罪人群体中选取研究对象。由于监狱的特殊性，被试无法随机选取，由监狱长官指定，研究人员在访谈前与监狱长官沟通，在暴力犯罪人群体中尽可能多元地选取有代表性的犯罪人（异质性）。由于暴力犯罪人中群体男性犯罪人占主导地位，加之实际操作中选取被试者的困难性，以及研究二结果表明性别变量影响不显著，本研究只以男性犯罪人为被试者进行研究。最终，从河北省 XX 监狱选取暴力犯罪人 12 名作为访谈对象，12 名受访者均为男性，年龄 24 ～ 38 岁，平均年龄 31.42 岁，基本服刑时间过半，多数入狱年龄 18 ～ 25 岁。研究对象具体情况见表 4.2.1。

表 4.2.1 暴力犯罪人受访者情况

代号	年龄（岁）	访谈时间（分钟）	所犯罪行	刑期	备注
FT01	30	48	故意伤害（致人死亡）	有期徒刑 15 年	
FT02	32	37	故意伤害（致人重伤）	有期徒刑 5 年 6 个月	抗拒，沉默，沟通较为困难
FT03	31	45	抢劫（致人重伤）	有期徒刑 15 年	
FT04	30	48	故意伤害	有期徒刑 5 年	反复强调出狱后要找举报他的朋友报复
FT05	34	42	故意伤害（致人死亡）	有期徒刑 13 年	
FT06	27	52	故意伤害	有期徒刑 7 年	打群架，因最后被抓，其他同犯供他为主犯。
FT07	30	45	故意伤害	有期徒刑 10 年	
FT08	33	43	故意伤害	有期徒刑 10 年	
FT09	36	46	故意伤害	有期徒刑 5 年 3 个月	
FT10	25	40	故意伤害（致人死亡）	无期徒刑	
FT11	30	48	故意伤害（致人死亡）	死刑缓期执行	已减刑
FT12	39	50	故意伤害（致人死亡）	有期徒刑 15 年	共犯

2. **访谈程序**

研究采用关键事件访谈法，对 12 名暴力犯罪人进行一对一的半结构式访谈，尽量以开放式语句了解受访者的主观感受。由于访谈对象的特殊性，监狱管理的严格要求，访谈过程中不允许录音，为减少被试者的心理防御，访谈过程研究者也不进行记录，在结束每一次访谈后，研究者留 10 分钟时间及时记录访谈要点和关键语句，当天访谈结束后将访谈内容进行细致整理。研究者在访谈前告知受访者本研究会对其信息保密。

访谈提纲的设计包括受访者作为被害人被他人侵害的事件、作为侵犯者侵害他人的事件以及假设情境的问题，增加他作为受害者伤害事件的描述，旨在探讨受害经历与再次侵犯偏好的关系，另外也可以降低受访者的防御心理，具体访谈提纲如下：

关键事件一

1）请回忆一次你印象深刻的被伤害的事件。

2）是否原谅侵犯者？

3）如果原谅，为什么会选择原谅他？

原谅后的感受怎么样？

伤害你的人后来再次伤害你了么？

4）如果不原谅，你后来找机会教训他了么？

（如果教训了）如何教训的？

（如果没教训）为什么没教训？

他后来再次伤害你了么？

关键事件二

1）请回忆一次你印象深刻的伤害别人的事件。

2）被害人原谅你了么？

3）你是否希望他原谅你？

4）你有为此做过什么努力吗？（如道歉、赔偿）

5）（没有原谅则问）他是什么表现呢？有报复么？

6）如果在迫不得已的情况下你还会再次伤害他吗？

假设情境

假设您有一个朋友，做了一件错事，他向被伤害的人道歉了，也认识到了错误。这些人有的原谅他了，有的沉默了，有的人说要报复他，还有的人说会找他单位领导评理。后来他被人胁迫，要从这些人里选一个再次攻击，你建议你的朋友选谁？最不该选谁？

3. 资料分析

本研究对质性材料进行分析，采用扎根理论取向。扎根理论是一种建构理论的方法，是格拉斯和斯特劳斯在1967年提出的，这是一种自下而上建立理论的方法，即在系统收集资料的基础上，寻找反映社会现象的核心概念，然后通过在这些概念之间建立起联系而形成理论。[1]

扎根理论的主要操作程序包括以下五步："（1）对资料进行逐级登录，从资料中产生概念；（2）不断地对资料和

[1] 陈向明 . 质的研究方法与社会科学研究 [M]. 北京：教育科学出版社，2000：327.

概念进行比较，系统地询问与概念有关的生成性理论问题；（3）发展理论性概念，建立概念与概念之间的联系；（4）理论性抽样，系统地对资料进行编码；（5）建构理论，力求获得理论概念的密度、变异度和高度的整合性。”[1] 扎根理论对资料进行逐级编码主要包括三个级别：一级编码——开放式登录；二级编码——关联式登录；三级编码——核心式登录。[2]

三、研究信度分析

质性研究的一个不可避免的缺点就是研究者或编码者的主观性，由于研究者本人从始至终关注侵犯者再次侵犯问题，查阅大量文献资料，并对访谈对象、资料整理有比较全面、深入的理解，所以本研究的编码工作由研究者一人完成。这样做可以有效避免冗余信息和偏差理解，但是编码者的主观性易受到质疑。为了检验编码的信度，研究者进行内部一致性检验。随机抽取 5 份访谈稿，两周后重新编码。按照信度公式（信度 = 相互一致的数量 /（相互一致的数量 + 相互不一致的数量））计算内部一致性，结果见表 4.2.2。

[1] 陈向明 . 质的研究方法与社会科学研究 [M]. 北京：教育科学出版社，2000：332.

[2] 陈向明 . 质的研究方法与社会科学研究 [M]. 北京：教育科学出版社，2000：332.

表 4.2.2 编码一致性信度检验

代号	第一次编码数	第二次编码数	一致性信度
FT01	22	20	0.83
FT04	19	21	0.90
FT06	25	23	0.85
FT9	23	21	0.83
FT11	24	23	0.88

从表中数据可以看出，研究者的内部一致性系数为 0.83 ～ 0.9，因此该编码信度可以接受，编码一致性可以信赖。[1]

四、质性编码结果

编码过程中发现，受访者的访谈内容，无论是他作为受害者还是作为侵犯者，两类不同的侵害在起因、认知、是否原谅及重建关系等方面差异巨大。一类是亲人（包括女友）间的伤害，这类伤害大部分是由受访者进监狱事件本身造成的对父母、子女、妻子的伤害，部分是由日常过错行为或家庭过错的教养方式造成的。如受访者将伤害描述如下：

“孩子现在才八岁，我老婆一个人带着，也真不容易。我这一进来（监狱）要十几年，很对不起他们娘俩。”

[1] 迈尔斯，休伯曼 . 质性资料的分析：方法与实践 [M]. 张芬芬，译 . 重庆：重庆大学出版社，2006：83-92.

"在判的时候，我看到我妈一直在哭。后来我爸妈赔了10万，我也就少判了大概一年，我觉得不值当，他们一辈子的积蓄，他们还说我少呆（监狱）一天是一天，就这个事我觉得特别对不起他们。"

另一类是陌生人或认识但不熟的人造成的身体巨大损害、甚至危及生命的伤害，受访者提到的主要是犯罪案件相关的伤害。如受访者将伤害描述如下：

"有次我和朋友去歌厅，门口站的是他们老板，我又不认识，就没跟他打招呼，后来他们二三十人就把我俩打了。我后来找人把他也打了。这不就进来了嘛。"

"初一时候有次伤害别人的事情印象挺深。那会儿都还小嘛。是朋友叫我帮他出头打人，是朋友亲戚的事儿。我们当时把人打了，后来还把人从桥上扔了下去，桥下面都是沙子和石头。"

这两种类型的伤害在起因，受害人是否原谅以及重建关系上的差别巨大，有必要分开编码。由此，笔者将访谈中的伤害按照以上两类划分，对访谈稿进行逐级编码，结果如表4.2.3、4.2.4所示。对假设情境访谈进行编码，结果如表4.2.5所示。

表 4.2.3 对亲人间侵犯事件的逐级编码

核心登录	关联式登录	开放式登录	
亲人间伤害以情感侵害为主，有时伴有身体、财产等侵害。侵害者多有后悔表现，受害者几乎都原谅侵害者。侵害者事后希望尽其能力弥补，重建关系，如果重建关系对受害者不利则选择不再相见。	侵害内容	情感伤害	同时处了两个女朋友。
			进来后，妻子被岳父逼迫，要跟我离婚。
			网逃时认识的女朋友，隐瞒犯罪情况。
			进监狱本身。
		情感为主的复合型伤害	从小经常被父亲揍，没有民主，打怕了，都有童年阴影了。
			我进来后，女朋友把所有的钱、东西她都带走了，连一件衣服也没给我留下。
	侵害原因认知	侵犯者性格	父亲是军人，就那个脾气。
		侵犯者年龄	年轻人玩心大。
			那时年龄太小，不懂事。
		侵犯者被迫	当时也不是她要离，就是我的老丈人他们强迫她。
		受害者误信	不该太信任她了。
	侵犯者后悔原因	反思型	在监狱给父亲写了封信，父亲连哭三天，我妈说他也觉得以前的教育方式不对。
		利己型	我进来了，她（被劈腿的前女友）还经常来看我，我心里有愧疚，跟她道了歉，也什么都依着她。后来她每次来都数落我，开始不吱声，后来烦了也不愿意听了。
	受害人原谅	情感	算了，毕竟在一起那么多年。
			给父亲写了封信，父亲连哭三天，心里还是很在意我。
			结婚这些年，有感情，也主要为着孩子原谅我了。

（续表）

核心登录	关联式登录	开放式登录	
		认知上理解	理解，也是他爸逼她，她也没办法。
			现在愈发理解父亲，虽然教育方式不对，但动机是好的。
		补偿行为	进来后，父亲没有责怪，只有支持。
			现在，老婆每个月都来看我，心里舒服了。
	受害人不原谅		网逃期间认识的，后来天网行动（警察）总去（老家）蹲守，为着这个去自首的。女朋友没原谅，也没来看过。
	重建关系	加倍补偿型	肯定希望，这里的人天天这样想，都想着出去加倍补偿，我都不敢老是想，现在脑子里全是（监狱）外面的事，怕自己疯了。
			那肯定是出去多陪陪孩子，加倍补偿。
			出去后多陪陪我爸妈，不再惹事了。
		不再打扰型	出去后不会再见面，她已经成家了，还有孩子了，不想打扰她生活，要让她现在的丈夫知道也那个啥（不好）。
			出去不再找她，天下这么多女人，好的找不着，赖的还找不着么。

表 4.2.4 对陌生人、半熟人侵犯事件的逐级编码

核心登录	关联式登录	开放式登录	
	侵害内容	重大创伤事件	被歌厅老板打。
			被人扎了两刀。
			网逃期间谁也不敢相信，最后投奔一个信得过的朋友，结果被举报。
			最后一个投案，其他案犯（冤枉）他是主犯。

（续表）

核心登录	关联式登录	开放式登录	
陌生人、半熟人间的伤害主要为身体伤害，分为重大创伤性事件和长期压抑型伤害。侵害者后悔多因为受到惩罚，而不是对受害者的愧疚。受害者原谅侵犯者多是刑事程序上的权益，目的在于拿到赔偿，侵犯者也不相信会有真正的原谅，并且他们认为原谅没用。一些受害者坚信一报还一报法则，只有报复才能避免侵害。侵害者事后几乎都表示不希望重建关系，因为本来也不熟（认识），不会再次侵害。			老板找他教训人，受害人死亡。
			与不熟人斗殴。
			抢劫伤人。
			故意伤害致人死亡。
			我和朋友在酒吧上班，有人来找事，给打死了。
			朋友有事找帮忙，他司机和管茶馆的人去帮忙，把两人打成一重伤一轻伤。
			口角，拿啤酒瓶砸人脑袋，结果颅内出血死了。
			有矛盾，想着吓唬吓唬他，没成想给吓死了。
			帮人出头，打了人，把人扔到桥下。
			穿针引线，找人替原配把“小三”勒死。
		长期压抑伤害	被狱友打，在监狱里经常被伤害，不能违纪，要忍着，不能打架。
			弟弟从小经常被同龄人欺负。
			父亲是村里的老实人，经常被欺负。
	侵害原因认知	侵犯者性格	就是别人看你不顺眼，别人有钱有人。
			欺生。
			看你老实，就要欺负你。
			我脾气不好，冲动。
			就是因为自己平时脾气太好，才压不住火。
			自己太冲动。
			不慎重。
		侵犯者自保	也是为了自保，为自己考虑。
		受害者误信	就是太相信他（朋友）了。
		意外事件	认错人了。
			多踹了几脚，自己也没想到。

（续表）

核心登录	关联式登录	开放式登录	
	侵犯者后悔原因		没想到，感觉打的也不重，就头上擦破点皮，结果颅内出血死了。
		受到惩罚	不是为别的，在这里不好过啊。
			自己也进来了。
		社会支持	进监狱后主动提出分手，女友不同意，经常去看他父母，5年后还是嫁人了。
			妻子对他不离不弃。
			父母倾家荡产赔10万。
		同情	小三（被害人）死得挺惨，当小三也不至于死。
			凶手死刑，儿子跟人跑了，也挺惨。
			庭审上看到被害人老父亲，年龄很大了，很可怜。
	受害者原谅原因	因赔偿而签谅解书	赔偿10万，被害人家属签了谅解书，但是庭审上没见到。
			我不是故意的，又是受雇于人；赔了钱；向被害人家属道歉了。
	受害者不原谅	不相信原谅	不可能原谅，把人家儿子打死了。
			原不原谅都一样，他们肯定也不会原谅我。
		一报还一报	我做了错事，公安抓我蹲监狱，我付出了代价，他出卖朋友，法律上不支持我惩罚他，我就自己去给他教训，不能便宜了他。
			你说有人伤害自己还原谅他？这不行，你说是不是。想办法还回来。
		原谅没有用	原谅没用，找人把他打了，就进来了。
			打回去，不然还欺负你。
	不在意原谅与否	没有原谅的需求	当然希望原谅了，但原不原谅是（赔偿）的钱多钱少的事。
			赔了1万块，反正不认识，原不原谅的没有用。

（续表）

核心登录	关联式登录	开放式登录	
			赔钱了，我自己也进来了，我认为就两清了，没有什么对不住别人的，也不想着被别人原谅，有什么的。
			问是否希望原谅时，受访者笑了，问有这个程序么？
			当然希望原谅了，但原不原谅是（赔偿）的钱多钱少的事。
	重建关系	拒绝	没有，反正不认识。不会出去找他。
			不会，他兄弟、老婆我也不认识。不会出去找人家。

表 4.2.5 对假设情境事件的逐级编码

核心登录	关联式登录	开放式登录	
暴力犯罪人对不同策略受害人的偏好差异很大，受个人经验影响很大，崇尚私力解决和好勇斗狠型居多。	再次侵犯不同受害者的选择	欺软怕硬型	不好作答。但是一定不会选择报复者作为侵害对象。
			那应该选老实人，让他背黑锅，我爸就是老实人，总是背黑锅，也不会反抗，这种人安全。
			再次攻击沉默的。
		好勇斗狠型	侵犯报复者。
			不会侵犯沉默者。
			不会侵犯真心原谅的。
		崇尚私力解决型	找惩罚者，反感找领导评理的。
			侵害找领导的，烦这种人，也可能选择沉默，沉默有时候不见得是好事，不知道阴着什么坏呢。
			侵害找领导的。
		复合型	要么攻击宽恕者，反正关系好；要么攻击报复者，反正就这样了。
		无差别型	无差别选择；或者坐下来讨论。
			无差别选择，看每个人的具体表现。

五、结果分析

1. 暴力犯罪人叙述关键事件特点

暴力犯罪人所叙述的关键事件，明显分为两种类型，一种是亲人（包括女友）之间的伤害，这种伤害以情感伤害为主，有的伴有轻微的身体伤害或财产损失。从伤害的程度来说属于轻微伤害。当他们为伤害者时，他们常自我归因为年龄太小、贪玩，而非品质问题。伤害发生后，受害者多由于彼此之间的感情选择谅解，侵害者也多有悔过，表示愿意努力补偿，重建关系。在与女友的关系上，受访者均表示不会再联系，这里的不再重建关系，不是拒绝，而是亲社会的行为表现，希望不打扰前女友的正常生活。

另一类关键事件是陌生人之间或半熟人（如狱友、邻居）间的伤害，受访者多叙述自己的犯罪案件。这类伤害主要以身体伤害为主，分为一次性的重大身体损伤（重伤，甚至致死）和长期压抑的反复伤害。从伤害程度来说属于严重伤害。侵犯者对这类伤害的归因为自己的性格问题，冲动、不谨慎、压不住火等。侵害发生后侵犯者后悔，但主要是因为受到惩罚而后悔，不是针对事件本身的悔过，很多侵犯者不在意受害人是否原谅，也不相信受害人会原谅。在法庭上的道歉与赔偿也多处于自利目的，为换得被害人的谅解书以减轻刑罚。事件发生后，不会再主动侵害受害人，但也不会努力做出补偿，多认为不认识，没必要，并且认为自己受到惩罚，已经两清了。

2. 暴力犯罪人的悔过动机

暴力犯罪人在叙述自己伤害他人的关键事件时，表现出强烈的悔过动机，典型的叙述如下：

“自己那时候小，想法太简单，搁现在，骂就骂呗，也比进来强啊……出去以后，那肯定多陪陪我爸妈，不再惹事了。”

“肯定希望（能重来，补偿），这里的人天天这样想，都想着出去加倍补偿，我都不敢老是想，现在脑子里全是（监狱）外面的事，怕自己疯了。”

但是这些受访者的悔过动机在亲人间的轻微伤害和犯罪案件中又有明显的不同。当伤害事件是亲人间的轻微伤害时，虽然受访者有的认识片面，有为自己开脱之嫌，如“年轻人玩心大”，有的是受害人“以德报怨”，自己愧疚，如“我进来了，她（被劈腿的前女友）还经常来看我，我心里有愧疚，跟她道了歉，也什么都依着她”，但是受访者的悔过是基于事件本身。

而当伤害事件是案件时，受访者的悔过原因主要有三种：首先是基于惩罚，“不为别的，这里不好过啊”；其次是感到对不起家人，家人越是没有责备，越是支持，如“父母倾家荡产赔10万”，“妻子不离不弃”，越是后悔自己的“冲动”“不谨慎”；最后，只有两名受访者提到受害者及其家属的可怜，意识到自己行为的后果对他人造成的伤害，“庭审上看到被害人老父亲，年龄很大了，很可怜”，“小三（被害人）死得挺惨，当小三也不至于死。”可见，真正基于案件本身的悔过其实在犯罪人群体中并不占主导，犯罪人的悔过绝大部分是因为惩罚，因为监禁惩罚的痛苦，而为自己的行为感到后悔。

3. 被害人的原谅

受害人对待伤害事件的态度，是否原谅侵犯者，差异很大。

犯罪案件的受害者在受访者的叙述中并没有过多谈及，部分受访者表示受害者签署了谅解书，而受害者愿意签署谅解书的原因也是犯罪人愿意赔偿，“原告律师说治疗费花了35万，其他被告共赔了25万，你要是愿意赔10万元，我们就出具谅解书”，犯罪人并不真正相信被害人（家属）会原谅自己，认为“原不原谅是（赔偿的）钱多钱少的事”。

另有一部分犯罪人表示被害人不会原谅自己，“不可能原谅，把人家儿子打死了。”并且很多犯罪人并不关心受害人是否原谅，他们认为“赔钱了，我自己也进来了，我认为就两清了”，还有犯罪人听到受害人是否原谅你时，笑了，反问“有这个程序么？”

犯罪人所叙述的一般伤害事件中的受害人几乎都原谅了侵犯者。这种原谅主要基于情感需要，叙述的绝大多数的伤害事件发生在亲人（女友）之间，父母、子女、夫妻间，犯罪人会为进监狱而伤害了家人感到愧疚、悔过，家人也通常会支持、鼓励，与犯罪人共同承担。而与犯罪人未建立长久、稳固关系的女友，与家人的态度有一定差异，一些受害人会选择原谅，“道歉了，女朋友也原谅了，我什么都依着她”，一些受害人选择离开，“网逃期间认识的，后来天网行动（警察）总去（老家）蹲，为着这个去自首的。女朋友没原谅，也没来看过”，再也不愿意与犯罪人有交集，访谈中犯罪人所提到的女友无论原谅与否，均与犯罪人分手，不再维系情侣关系，而妻子无论是否受到家庭压力，都继续等待犯罪人出狱，这也从另一方面说明伤害事件中，受害人是否原谅侵犯者，二者之间的紧密、长期、稳定的关系是重要变量。

当暴力犯罪人作为受害人时，他们的态度在对待亲人间的伤害和陌生人伤害（包括朋友背叛）差异巨大。他们在访谈中提到的亲人伤害主要是父亲的严厉管教、女友的离弃、妻子提出离婚等，最终因为理解（“现在愈发理解父亲，虽然教育方式不对，但动机是好的”“理解，也是他爸逼她，她也没办法”）、感情（“算了，毕竟在一起那么多年”）、侵犯者的补偿行为（“现在，老婆每个月都来看我，心里舒服了”）等因素原谅。

但是提到陌生人的伤害时，他们都表示原谅没有用，一定要还回去，“打回去，不然还欺负你。”

4. 暴力犯罪人再次侵犯的可能性

暴力犯罪人作为侵害者，无论是对家人还是陌生人受害者，均表示不会再伤害。在重建关系上，有所区别，对待家人受害人时，犯罪人表示出来后要好好补偿，对待女友受害人，犯罪人表示出来后不会再打扰其正常的生活，而对案件受害人（家属），犯罪人表示不会去找，因为不认识。

考虑到犯罪人在监狱中进行访谈，加之社会赞许性等问题，暴力犯罪人是否会再次侵犯受害者可能不能只听犯罪人的口头表达，还需要具体分析。以犯罪人对待陌生人侵犯的态度来看，几乎所有的犯罪人都是报复策略的坚定执行者，他们认为“原谅没有用”“打回去，不然还欺负你”，只有强者才能生存，弱者就会受欺负，而“不报”则是软弱的表现。如果受害人（家属）对犯罪人进行的是报复，那么犯罪人是否会静默忍耐，按照他们一贯的行事风格（易激惹、易冲动）和内心准则（一报还一报），似乎也是不太现实的。

5. 暴力犯罪人情境假设选择

在访谈的最后，访谈者向犯罪人描述了一个假设情境，假如有一个朋友做了错事，向受害人道歉了，有人原谅他了，有人沉默，有人说要报复他，还有人说会找他单位领导评理。后来他被人胁迫，要从这些人里选一个人再次攻击，你建议你的朋友怎么选择。

访谈结果显示，暴力犯罪人对不同策略受害人的偏好差异很大。3 名受访者表示会选择报复者，不会再侵犯沉默者或宽恕者，3 名受访者表示会选择惩罚者，因为他们“最烦这种人”。3 名受访者表示他们会选择“老实人”，不愿招惹“报复者”，2 名受访者表示没有办法选择，“得看每个人的具体表现”，或者“坐下来讨论”，1 名受访者表示“要么攻击宽恕者，反正关系好；要么攻击报复者，反正就这样了”。对暴力犯罪人的再次侵犯对象选择的统计，报复者 3 人占 25%，惩罚者 3 人占 25%，沉默和宽恕共占 25%，复合型和无差别的共占 25%。对于沉默策略和宽恕策略，受访者更反感沉默策略，有两人明确表示“沉默有时候不见得是好事”。所以，总的看来，有 50% 暴力犯罪人再次侵犯对象的选择以对抗型的受害人为主，有 25% 的犯罪人是欺软怕硬型的策略选择。

六、研究讨论

笔者在对访谈稿进行编码时发现，暴力犯罪人对关键事件的叙述，分为两类：一类是亲人（包括女友）间的伤害，另一类是陌生人、半熟人的伤害。他们在侵犯者悔过、受害人原谅以及重建关系上截然不同。这是根据伤害事件双方关系进行的划分，仔细研究这两类伤害，也可以从伤害类型进行划分，前者是情感伤害，伤害的程度来说属于轻微伤害，后者是重大身体损伤，伤害程度来说属于严重伤害。这一方面说明伤害事件双方的亲密度、伤害类型、伤害程度对侵犯者悔过、受害人原谅以及重建关系上有重要影响，另一方面也体现出伤害事件双方的亲密度与伤害的程度之间的关系，一般而言，亲密度高的双方伤害多为情感伤害，而陌生人之间的伤害多为身体伤害。

访谈最后的假设性问题，发现暴力犯罪人对不同策略受害人的偏好差异很大，这实际上与受访者的人生经历、对事物的认知、人格特点有很大的关系。简单来说，某一受访者在描述他作为受害者和侵犯者的关键事件时，他的认知、决策风格与假设情境中的决策具有一致性。

七、研究结论

暴力犯罪人叙述的伤害事件，分为亲人间的情感伤害和陌生人、半熟人间的身体重伤害（主要是犯罪案件）。前者受害者普遍宽恕侵犯者，侵犯者也希望尽其努力重建关系，后者受害人很少真正原谅侵犯者，即使签署谅解书也多是从自身利益考虑，犯罪人也不相信受害人会原谅他，很多犯罪人并不在乎是否原谅。犯罪人悔过动机强烈，但悔过主要是因为受到监禁惩罚，而非基于对犯罪行为的反思，对案件受害人均表示不会再接触。在假设情境的选择中，一半以上的暴力犯罪人会选择对抗型（报复占 25%、惩罚占 25%）的受害人作为再次侵犯对象，1/4 的犯罪人选择忍气吞声（沉默、宽恕）的受害人作为侵犯对象，其他犯罪人无明显偏好。暴力犯罪人崇尚私力解决问题的倾向明显，他们特别反感找领导解决问题的方式，他们对沉默和宽恕（原谅）的理解多为“服软”，与宽恕的真正含义有所差别。这些暴力犯罪人对再次侵犯对象上的偏好差异，主要受到其人生经历、对事物的认知、人格特点、决策风格等影响。

第三节　实证研究的综合讨论

一、研究的结果比较

研究 1 的两个实验研究和研究 2 的质性研究，其结果具有一致性：受害人不同应对策略对侵犯者再次侵犯的影响显著。研究 1 发现受害者策略和侵犯者的年龄段在再次侵犯可能性上的交互作用显著，16 ～ 20 岁的成年早期，最易再次侵犯的人依次为报复者、惩罚者、沉默者和宽恕者；21 ～ 35 岁的青壮年时期，选择侵犯对象的偏好不明显，对 4 种策略的受害人再次侵犯上差异不显著；36 ～ 50 岁、50 岁以上年龄的被试者，对沉默者和宽恕者再次侵犯可能性最高，然后是惩罚者，对报复者再次侵犯可能性最低。研究 2 发现，暴力犯罪人再次侵犯报复策略的受害人比例占 25%，惩罚策略占 25%，沉默和宽恕策略占 25%，无选择偏好的占 25%。

具体分析两个研究的结果，实际上年龄变量的作用也具有一致性。研究 2 以暴力犯罪人为被试，年龄在 24 ～ 38 岁，平均年龄 31.42 岁，其结果基本符合研究 1 的青壮年时期（21 ～ 35 岁），他们对侵犯对象的偏好不十分明显。但是也存在不一致的地方，研究 2 发现，犯罪人侵犯报复策略的受害人与惩罚策略的受害人相同，二者又与沉默加宽恕策略的总和相同，这与研究 1 的四种策略没有显著差异不一致。其原因可能在于，暴力犯罪人可以很好地区分报复策略和惩罚策略，认为前者是自己解决，后者是找领导、找公家解决，而不能很好地区分沉默策略和宽恕策略，绝大多数的暴力犯罪人将二者混同，认为都是“服软”“懦弱”“老实”的表现，一些犯罪人直接表示“应该找老实人背黑锅，沉默的或者原谅的都行”。此外，这种结果差异也可能和取样偏差有关，因为条件的限制，研究 3 以 12 名暴力犯罪人为研究对象，样本较小，可能存在误差。

二、暴力犯罪人与普通人群偏好差异比较

首先，他们的侵害类型与程度与普通人群具有一定差异。普通人群的侵害多发生在熟人之间，如家人、朋友、同事、同学间，侵害程度一般较轻，多关系、情感伤害，较少身体伤害。暴力犯罪人比普通人群在陌生人侵害上更多发，并且常常因为“小事”，爆发严重冲突，发生严重的身体伤害，致伤致死情况屡有发生。这一方面可能是他们性格的原因，正如他们在访谈中自己归纳的，“冲动”“易怒”“压不住火”“脾气差”，另一方面可能是他们长期生活在“哥们义气”为重、遇事私下解决、以暴制暴、斗勇斗狠的生活环境中。这种侵害类型和程度的差别在再次侵犯上会产生很大的影响，如果暴力犯罪人选定再次侵犯目标，那么其伤害内容极有可能是身体伤害，而严重程度也可能会远高于普通人群的再次侵犯。

由于生活经历、人生经验等原因，暴力犯罪人的再次侵犯偏好上呈现出好勇斗狠、崇尚私力解决，又会欺软怕硬的矛盾复杂特点。由于长期生活在崇尚武力解决问题的亚文化群体中，他们不能忍受自己软弱，要好勇斗狠，一旦发现受害人要报复，就会更加迫切地展现自己的“力量”，企图以暴制暴，把“他打怕了”。因为崇尚私力解决，认为找领导、找公安等行为不是英雄好汉的单打独斗，而是带有“打小报告”之嫌的小人所为，所以，在访谈中，暴力犯罪人是看不起这种行为的，且格外“反感”，所以要给这样的人教训。而实际上，绝大多数的暴力犯罪人虽然性格上更冲动、更易动手，但本质上并不是无所畏惧的，他们常常只是将“狠”作为展现力量的手段，不被人欺负的保证，内心深处依然有很多畏惧，畏惧法律、畏惧惩罚、畏惧真正不怕死的人，所以，他们的矛盾性表现在，在选择再次侵犯对象时，也会从理性出发，选择“老实人”，这样自己更安全。

三、实证研究对我国司法的启示

实证研究之所以选择四种策略进行研究，一方面这四种策略是人类在应对侵害时的所有可能反应，另一方面也希望以此探讨我国司法模式的适用。从我们的实证研究中，可以简单推出以下启示：

我国目前坚持的以惩罚为中心的报应性司法模式是必由选择。在质性研究中，我们发现几乎所有的暴力犯罪人都有强烈的悔过动机，这种悔过主要是基于对于惩罚的畏惧，被剥夺自由的监狱生活实在是太不好过了，而很少有对被害人发自内心的忏悔，暴力犯罪人几乎都表示与被害人不熟、不认识，不在意他们是否真正宽恕（原谅），即使收到被害人（家属）的谅解书，也认为是一种利益的博弈，被害人不会真正宽恕（原谅），只是为了获得更多赔偿，犯罪人也并非由于忏悔而尽其可能赔偿，只是为了减轻刑罚。可见，目前对于犯罪人来说，惩罚是最主要的威慑，也是最有效的威慑，坚持以惩罚为中心的报应性司法模式十分必要。那么以宽恕、和解为中心的恢复性司法模式在我国是否适用呢？从我们的实证研究中可以看出，绝大多数的犯罪人对于“宽恕（原谅）”和“沉默”的理解是难以区分的，都将其作为“软弱”“懦弱”的表现，加之宽恕概念起源于西方宗教，其内涵在文化上有很大差异[1]，目前来看，恢复性司法模式似乎并不合适。但是，从实证研究中也看到恢复性司法模式适用的可能性，研究发现，青少年群体对宽恕者的态度最佳，评价最好，再次侵害宽恕被害人的可能性最小，这也与国际上恢复性司法主要适用于青少年法庭[2]相吻合，所以，将以宽恕、和解为核心的恢复性司法作为报应性司法的有益补充，在青少年群体中进行探索和尝试可能是符合国际潮流的发展趋势。

---

[1] 李兆良．宽恕内涵的本土心理学反思 [D]. 长春：吉林大学，2011.

[2] 张旭，蔡一军．恢复性司法践行理路探析——以欧洲的实践为视角 [J]. 当代法学，2007，21（4）：18-24.

第五章

中国语境下的策略选择

第一节 与策略选择相关的国民性

策略选择不可避免地会受到民族文化、地域文化的影响，国民性是其中最突出的体现。中国人国民性的讨论开端于清朝末期西方人对中国人的描述，以亚瑟·斯密斯（Chinese Characteristics，《中国人的国民性（中国人气质）》）最为著名，其后，梁启超、鲁迅、胡适、柏杨、龙应台等文化精英不断批判并试图改造中国人的国民性。他们批判的中国人的国民性是“丑陋的”、麻木不仁的、极具奴性的、缺乏公共精神的，等等，那么时至今日是否有新的变化，与策略选择有何内在的关系呢？实际上，国民性不是一成不变的，它既有历史遗传性，又不断受到每朝每代政治制度、经济文化的影响，这种时代的烙印再继续遗传，如同基因一般，不断遗传、突变再遗传，我们不妨沿着中国历史的脉络，梳理中国人国民性的流变，进而探讨当今时代的国民性。

张宏杰指出：“从春秋，到唐宋，再到明清，中国人的性格历程如同直跌下来的三叠瀑布，其落差之大令人惊讶。源头的中国人，品格清澈；唐宋时的中国人，雍容文雅；及至明清，中国人的品质却大幅劣化，麻木懦弱，毫无创造力。”[1]

一、三级跳式的国民性历史演变

上古时期至春秋、战国时期，中国人是民风淳朴，勇气可嘉，洒脱不羁，颇有气概，如同色彩艳丽的大笔写意画作。夸父追日、刑天报仇、神农尝百草、姜太公钓鱼，这些神话或典故，人物性格鲜明、勇气异常，至春秋战国更是达到顶峰，春秋五霸、战国七雄，侠客与将士也都轻生忘死，活得洒脱不羁。后人看来，不免惊异从上古至春秋、战国的中国人如此简单、通透，虽“有些稚拙，有些简单，但活得有声有色，死得爽快清白”[2]，这一时期的国民性主要体现在尚武和崇尚贵族精神。

秦始皇统一天下，建立皇帝制度，成为中国国民性的重要转折，因为在此之前贵族的地位与权力不是来自皇帝，而是源于血统，有前面所论述的贵族精神，而皇帝制度的确立，是一种“普遍的奴隶制，只有皇帝一个人是自由的，其他的人，包括宰相，都是他的奴隶”[3]，为保障皇权，秦始皇对贵族阶层进行毁灭性的打击，加强专制，“以吏为师”“以愚黔首”“焚书坑儒”，由此，中国人的国

[1] 张宏杰 . 中国国民性演变历程 [M]. 长沙：湖南人民出版社，2016：14.

[2] 张宏杰 . 中国国民性演变历程 [M]. 长沙：湖南人民出版社，2016：42.

[3] 张宏杰 . 中国国民性演变历程 [M]. 长沙：湖南人民出版社，2016：45.

民性中的贵族精神开始消亡，平民文化取代贵族文化，奴性初现。

进入汉朝，虽然汉代皇帝不采用秦始皇的高压统治手段，而是推行“柔术”，施行仁政，但是实际上专制的程度更进一步，连汉宣帝本人也对其子汉元帝说：“汉家自由制度，本以霸王道杂之。”（《汉书·元帝纪》）而“罢黜百家，独尊儒术”更是对百姓思想统一的一次大洗礼，由此中国人的国民性中创新精神、发散思维被阉割，知识分子因循守旧、思想僵化，以孔子为最终极、不可超越，尚古讽今。但与此同时，春秋、战国传承下来的尚武、单纯、淳朴性格，在汉人身上依旧凸显。

时至唐朝，这个最让中国人津津乐道的“盛唐”时期，中国人的国民性最主要的特点是开放与包容。男女社会地位上，是中国封建历史中最为平等的时期。君臣关系上，大臣敢于直谏，魏征、房玄龄、姚崇、宋璟都是历史上有名的忠谏之臣。在对待宗教上，唐朝奉行的也是三教（儒、释、道）并行，信仰自由，到了晚唐更是思想环境宽松，人民言论相对自由，既有知识分子借诗词讽今，也有普通平民谈论“宫禁”之事。在对外关系上，唐朝以海纳百川的心态吸收外国文化，遍及宗教、服饰、美食、音乐、立法、美术、医学、建筑等各领域，在人口超过百万的长安大街，可见各地的商人、学者，欧亚各国的货物。

宋朝皇帝深知“枪杆子里出政权”，他们为确保自己江山的不动摇，施行种种措施，如杯酒释兵权、禁卫军“三帅”鼎立、军事指挥权与调动权分离、降低武官地位，晋升困难等，并且要求普通百姓“京都士人及百姓均不得私蓄武器”[1]。尚武的消失，尚文的兴起，让宋王朝不惧于内部政变，但在对外抗战中，屡屡败北，让宋代士人忧心忡忡，他们“先天下之忧而忧”“位卑未敢忘忧国”“王师北定中原日，家祭无忘告乃翁”，让中国人的性格一扫前期的洒脱、傲岸，蒙上忧郁之色。但与此同时，文人士大夫的不屈、傲骨也凸现出来，格外赞誉“梅兰竹菊”四君子，对上他们敢于直谏，皇帝也下旨“不杀士大夫及上书言事者”，对外宁死不屈，“留取丹青照汗青。”男女关系上，宋代男性格外重视妇女贞洁，开始普及三寸金莲，要求丧夫不能改嫁等，甚至无意碰到陌生男子手臂也是“失节”，由此也可看出宋代男人内心孱弱，不能防御外敌，便对妇孺严加管制，以增强其尊严和自信。

宋朝覆灭，取而代之的是少数民族（蒙古人）建立的政权，这颠覆了一向以文明、强大自居，轻贱周边少数民族，称其蛮夷的中国人的世界观。蒙古人对待汉民的手段极其简单、粗暴、凶残，“屠城”最具代表性，烧杀抢掠无所不为，“四川在宋代曾繁盛一时，人口近两千万。蒙古大兵过后，仅剩八十万。”[2]稳定后的元政权，将人分为四等，北方汉人第三等，南方汉人最后一等，汉人受尽不公平待遇，在蒙古人眼中，汉人不过是为其提供衣食的奴隶，生活受到严格监控，毫无尊严可言。在这样的社会环境下，那些刚毅不屈的有骨气的中国人或被处死，或被饿

[1] 张宏杰 . 中国国民性演变历程 [M]. 长沙：湖南人民出版社，2016：84.

[2] 张宏杰 . 中国国民性演变历程 [M]. 长沙：湖南人民出版社，2016：104.

死。在后世啧啧称赞先人骨气的同时，不得不正视这样一个现实，那些有骨气的中国人在这样的历史朝代下逐渐绝迹了。而能苟延残喘活下来的中国人失了自尊，变得麻木，这个过程中一些具有流氓特质的平民，凭借作假身份、巴结权贵，成为专制统治的打手和工具，形成特殊的土豪、恶棍阶层，他们欺凌底层，作奸犯科。张宏杰称元朝是铁骑踏断了中华民族的脊梁，从元朝开始，中国人国民性中的“劣”逐渐展现。

明朝的朱元璋，成功地驱逐了鞑虏，但其“流氓化”的统治，并未让明朝的百姓从水深火热中解救出来。明朝的皇帝多政事颓废，好赌贪淫，官员也多媚上，巴结，“从朝廷首辅到普通官员，争相向皇帝献房中术以邀宠”[1]；另一方面，为稳固政权，明朝的特务统治空前绝后，锦衣卫、东厂、西厂，这些特务组织对官员和百姓实施严密监控，并将这些秘密信息作为自己生财之道，在民族性格上产生的后果是不信任、欺上瞒下，弄虚作假。此外，明朝的户籍制度，让每个人一出生就被政府登记在册，并且长大后必须子承父业，严格恪守本分，不得离乡远游，科举考试更是必须撰写“八股文”,。如果说之前的文人还可以归隐山林，在政治不昌明时以隐居来独善其身，那么到了明朝，“率土之滨莫非王土率土之臣莫非王臣”，连这一丝一毫的喘息也被扼杀了。在如此严格的专制下，中国人越来越安守本分，越来越缺乏创新性，不信任、欺骗、谄媚等劣根

[1] 张宏杰 . 中国国民性演变历程 [M]. 长沙：湖南人民出版社，2016：117.

愈加凸显。

随着满族的入关，清政府的统治在中华大地上建立，又一次异族的统治，虽然比蒙古人的残暴入关稍有缓和，但也有“嘉定三进三屠”的历史记载，“留头不留发”，更是在服饰和心理上加强专制统治。入关后，清朝的皇帝对汉文化如饥似渴，他们大多励精图治，经过几代人的努力，出现了封建社会最繁荣的“康乾盛世”，但是盛世的背后是被打造的密不透风的专制统治。政治上避免外戚干政，设立秘奏制度，军事上设立军机处，加强君主专制的中央集权；思想上，加强统一，沿袭八股科举，修纂《四库全书》，销毁古书三千余种，文字狱更是异常恐怖，彻底清洗了一切异端思想。至此，中国人完全成为了“顺民”，成了外国人眼中自私、冷漠、麻木、面无表情，甚至无法区分的中国人。

二、近现代影响国民性的重要运动

鸦片战争的炮响让闭关锁国的中国人如梦初醒，屡战屡败的战绩，丧权辱国的条约，唤起各阶层人民救中华的决心，洋务运动、农民起义、戊戌变法、辛亥革命、无产阶级革命，每一次运动与革命都或多或少地对中国人的思想予以洗礼。近现代史上对国民性产生最大影响的事件是新文化运动和文化大革命。

新文化运动以“德先生”和“赛先生”为口号，以文学革命和伦理革命为核心，反礼教、打倒孔家店，希望实现个体的解放。新文化运动后期马列主义的传入成为新思潮，最终也成为解放中国的必由之路。新文化运动认为封建礼教是吃人的，中国传统文化思想对人的束缚太深，以至于不能创新、不能够进步，而这一切的矛头首先指向的是儒家正统的“孔教”。陈独秀认为：“‘儒者三纲之说，为一切道德政治之大原’，而皆致使为人臣、为人子及为人妻者，丧失‘无独立自主之人格’。缘此而生的‘道德’名词，曰忠、曰孝、曰节，皆非推己及人之主人道德，而为以己属人之奴隶也。”[1] 新文化运动波及范围之广，持续时间之长，影响之深远是前所未有的，它是一次思想解放和启蒙运动，对中国人国民性的改造意义重大，新文化运动为紧紧捆绑在中国身上的封建礼教外衣划开了豁口，为久闷在“酱缸”（柏杨）里的中国人掀开了盖子，中国人的国民性中开始流淌新的血液，重新注入生机。

三、中国人国民性的特点

中华民族悠久的历史和中西文化的不断交融，使当今中国人的国民性更加复杂、不同地域的差异也更加凸显。国民性对策略偏好的影响，既包括对受害者策略选择的影响，也包括对侵犯者做出再次侵犯决策的影响。总结起来，面子、尚忍、内斗、缺乏公共精神与同情、多神论与无神论、朴素的报应观可能与侵犯的策略关系最为密切。

---

[1] 鲁萍.“德先生”和“赛先生”之外的关怀——从“穆姑娘”的提出看新文化运动时期道德革命的走向 [J]. 历史研究，2006（1）：79-95.

1. **面子**

中国人好面子是举世闻名的，甚至学界就面子是否是中国独有的社会现象产生争论，部分学者主张“面子是文化积淀的产物，是华人社会特有的现象”，[1] 目前普遍接受的对面子的界定是“一种根植于文化的社会心理结构”[2]。中国人的“面子”，外国人很难理解，美国传教士指出，“在中国，‘面子’这个词，不简单的指人的脸，实际上是一个复杂的集合名词，其中包含的意义，比我们所能描述或者可能领悟的含义还要多。”[3] 面子近似于自尊，但又多注重于形式，其实质是“个体对自我在他人心目中的价值与地位的关注，它的实现必须依赖于他人的评价”[4]。

于是，在中国，有了“给面子”“争面子”，有了“丢面子”，“伤面子”，也有了“打肿脸充胖子”，“死要面子，活受罪”等。中国人注重形式，注重表面功夫，初次见面，即使从未听说过的人也要说“久仰”“幸会”，互相抬举是必须的礼仪，甚至是教养。斯密斯精辟地描述中国人“具有强烈的做戏本能……很轻微的刺激，都能使任何一个中

[1] 赵卓嘉．面子理论研究述评 [J]. 重庆大学学报（社会科学版），2012，18（5）：128-137.

[2] 赵卓嘉．面子理论研究述评 [J]. 重庆大学学报（社会科学版），2012，18（5）：128-137.

[3] 亚瑟•斯密斯．中国人的国民性 [M]. 张梦阳，王丽娟，译．北京：中国长安出版社，2014：1.

[4] 赵卓嘉．面子理论研究述评 [J]. 重庆大学学报（社会科学版），2012，18（5）：128-137.

国人进入戏剧，把自己当成戏里的一个角色”[1]。正是因为这种类似于做戏的本能，让中国人在出现矛盾和纠纷时，所寻求的不是公正，而是面子。“在调解村庄纠纷、无休止的争吵时，‘和事佬’需要仔细考虑如何保全双方的‘面子’，就像欧洲政治家曾经考虑的力量均衡一样。”[2]

所以，在中国社会的语境下，侵害，尤其是日常人际交往中的侵害，绝不仅仅涉及身体、利益等实质的伤害，很多时候事关“面子”。所以，就有了“秋菊打官司”，只为讨个说法。受害者需要“发声”，以保全其面子，沉默甚至是默默原谅在世人眼中看来都是“好欺负”“没本事”和“丢面子”。

2. 尚忍

中国人尚忍，“以忍为德、以忍为福、以忍为智慧”，[3]忍是有其历史根源的，纵观世界历史，从未有哪个国家的封建专制制度像中国这样成功，国民性如中国人这般未有间断，正是在这样专制统治不断加强，后一个朝代相比前一个朝代层层递进，打造成铁桶般的专制王朝下，人民为了生存，适应环境，在政治、经济的压力下，专制思想的教化下形成了“尚忍”的性格。“忍”是具有功能性的，陈萍认为：“通过忍可以避祸祛灾，平安保身，达到海阔天空

[1] 亚瑟·斯密斯．中国人的国民性 [M]. 张梦阳，王丽娟，译．北京：中国长安出版社，2014：1.

[2] 亚瑟·斯密斯．中国人的国民性 [M]. 张梦阳，王丽娟，译．北京：中国长安出版社，2014：2.

[3] 陈萍．中国人尚忍心态的心理学研究 [D]. 南京：南京师范大学，2006：11.

的境况；通过忍可以避免人际冲突，维持人际关系的和谐；通过忍可以成事，出人头地，求得富贵利益。”[1] 所以中国人是“尚忍”的，他将“忍”作为一种处事哲学，作为君子涵养的表现、成大事的特质。

所以，因为一些小争执（侵害），而发生口角甚至动手的，多为读书人所不齿，认为多是妇孺或莽夫所为。而在遭遇力量悬殊的侵害时，尤其是受到权贵阶层的欺压时，中国人更是认为应该忍，留得青山在不愁没柴烧，枪打出头鸟。在日常人际侵害中，多数人常选择“算了”，“算了”是不予计较，更接近中国人的“忍”，而非源于“爱”的宽恕。但是“忍”也有风险，因为“忍”还是“怕事”，具有主观性，受害者的“忍”，可能在旁观者或侵犯者看来是“懦弱”“怕事”，侵犯者可能并不会因为受害者的“忍”而愿意“不了了之”，反之，而会因为尝到甜头而再次侵犯，而旁观者则可能通过观察学习，意识到从被害者身上是可以占到便宜的，从而成为潜在的侵害者。受害者的“忍”是有限度的，当突破其承受能力时，往往做出极端的报复行为，这也是很多极端案件、甚至灭门案件的犯罪人常常是普通人眼中的“好人”的原因。

3. 内斗

中国人尚忍，但是同时又热衷于内斗，这两种个性特质其实并不矛盾。“忍”多是忍某一事件，多是忍实力有悬殊的个体，尤其是在他看来不属于同一阶层或圈外成员；而

[1] 陈萍 . 中国人尚忍心态的心理学研究 [D]. 南京：南京师范大学，2006 : 18.

“斗”多是“内斗”，不局限于某件事，时时、事事地斗，尤其是同一个圈子、同一个群体的“窝里斗”。柏杨先生感慨道：“无论天涯海角，只要有中国人的地方，就有惨烈的窝里斗……唐人街已成为中国人吞噬中国人的魔窟。”[1]

中国人好内斗的特质还常与尚忍的特质相混合，在遭受侵害时常常当时不表现出报复或还击，而是“忍下了”，但在日后的相处下，常常随时随地寻找机会明争暗斗，这种私下长期暗斗的特质让旁观者很难分清究竟谁是侵害者。但也需要看到内斗又具有维持平衡的作用，在中华文化下，无数精通统治之术的帝王，正是利用这种内斗，让双方势均力敌，于是内斗也成为一种阻止侵害的长期策略。

4. 缺乏公共精神和同情心

缺乏公共精神和同情心，是近代以来被国外诟病最多的地方。媒体常有报道，国人去境外旅游，随意在建筑古物上刻上“到此一游”，随意丢弃垃圾，抱着孩子随意大小便，甚至中国游客一度被一些地区或国家所抵制。仅仅将此归结为国人素质差似乎也有失公允。

中国人缺乏公共精神与长期的铁桶似的封建统治有很大关系，“普天之下莫非王土”的观念深入人心，导致中国百姓对公共领域、公共场所没有概念，认为“非主即我”，既然这片领地不是某个个人的，是公共的，那么就约等于“无主物”，认为无人管辖，甚至认为理应遵守“先占先得”的法则，所以今天城市里的小区，甚至是大都市里

[1] 柏杨 . 丑陋的中国人 [M]. 北京：人民文学出版社，2008：159-160.

的高档小区，居民私自圈地种树、栽花甚至种菜屡见不鲜，若有人对此有争议，往往也会被理直气壮的“是我家门前的”理由逼退到不了了之。

这种缺乏公共精神的根源，还与孔夫子“不在其位，不谋其政”的观点深入人心有关，绝大多数人的中国人认同这种处世哲学，甚至将其作为君子的标准。这种处事哲学谨慎，但也会滋生出莫理他人闲事，莫管公共事务，任由妄为者胡来，任由受苦者痛苦的冷漠，或者说缺乏同情心。

缺乏同情心与冷漠，在对于社会的普遍不信任和习惯于自保的性格使然下，交织在一起，越演越烈。表现在遭受侵害时，很少有受害者能得到援助之手，反而是作为被看戏的对象，甚至茶余饭后的谈资，当侵犯者受到惩罚或反报复时，同样得不到受害者和“看客”的同情。所以，对于最普通的中国人来说，出于爱、同情的宽恕几乎不可能在陌生人的重伤害中发生，仅有少数可能出现在父母、子女、夫妻这种极度亲密关系中。

5. 多神论与无神论

中国人的宗教信仰是完全实用主义的。拜神是因为希望得到神的保佑，平时日日叩拜（礼拜）、进香（祷告），按照教义规则行事的人少之又少，而遇到事情、逢年过节或有所求时，各个庙宇又都人满为患，信徒作揖求拜，或求学、求姻缘，或求升官、求发财。若去问普通的中国人是否真的信仰宗教时，答案多是不知道，万一要是有呢。所以中国的信众往往并非深信，而多是从畏惧、自保的角度选择相信。这种情况还表现在多神信仰上，多数中国人不会考虑佛教与道教是否会有冲突，也不会考虑基督教、伊斯兰教与传统信仰的冲突，只要是灵验，只要是管用，“神拜的多了，自然有神保佑。”所以，佛教的庙宇里也多供奉财神爷，而且香火鼎盛。

中国人信仰的实用主义还多表现在不守规矩。百姓往往称赞“济公”“花和尚”，认为他们才是潇洒的得道者，既不用遵守清规戒律，还能修成正果，只要“酒肉穿肠过，佛祖心中留”就可以。而实际上，这样的行为认知往往是自我行为的合理化和宗教道德上的推脱。

在这样全民似乎信仰多个神，多个宗教，而实际上只是功利主义目的，从严格意义上说又不是宗教信徒，甚至无神论的事实情况下，在遭遇冲突，侵害他人或被侵害后，我们的行为表现与真正的宗教徒差异巨大。中国人很少会因为内心对于宗教、对于神的敬畏而放弃仇恨，也很少会出于对宗教的信仰，而慈悲、爱人，选择宽恕，所以，在这种多神论、泛神论与无神论的迷茫下，我们不可能期待宗教式的宽恕与爱。

6. 朴素的报应观

朴素的报应观在绝大多数的民族中都有体现，而中国人更是将“杀人偿命，欠债还钱”奉为“天经地义”。中国人认为“一报还一报”，无论是报恩还是报仇，总归是要报的。

所以即使是在法治日益完善，西方法治思潮不断冲击的今天，绝大多数的普通中国人坚决不认同废除死刑，这在很大程度上也是由于废除死刑制度会冲击他们固有的报应观。

这种朴素的报应观一方面对于遏制侵害有一定作用，因为侵犯者进行侵犯决策前清晰地知道其侵犯会遭到报复，从而有助于遏制侵害。另一方面，朴素的报应观让将其视为生存法则的人们难以从冤冤相报的恶性循环中解脱，在诉诸法律，仍觉不公时，常会采用反复上诉、上访，甚至私下解决，更是几乎不可能做出基于爱、同情的宽恕决策。

第二节　与策略选择相关的司法公正感

当代中国正处在一个传统文化被打破，而新的道德体系尚未建立，法治信仰尚不足以成为人们内心准则和信仰的变革时期。在这种时代背景下，以儒家文化为代表的“孝”“礼”“义”等已经不能对人们的行为产生约束作用，西方文化的迅速冲击，多元价值文化的导向，让不少中国人来不及适应，便在“自由”“个性”的标榜下迷失自我，丧失价值标准，以金钱衡量成功，以奢侈定义幸福，成为都市中忙碌、焦虑、空虚、迷失的现代人，成为“冷漠”的中国人。与此同时，中国人是多神论、泛神论和无神论的，因为内心并未有真正的宗教信仰，难以有敬畏之心，这样宗教的力量也无法对中国人的内心和行为形成约束力。既然传统道德、宗教信仰都不足以对当代中国人形成约束力，那么法律的效果如何呢？中国人信仰法律么？

一、中国公民司法公正感实证研究[1]

2015年，我的导师课题组以教育部课题为依托，进行中国公民司法公正感实证研究。经过访谈、初测、因素分析，反复修改问卷，最终编制成信效度良好（内部一致性信度0.89）的包括31道题目的《中国公民司法公正感量表》。

在全国范围内，以东北、华东、华北、西北、西南、中南部划分，分层随机抽样25省或直辖市，具体为：安徽、北京、重庆、福建、甘肃、广东、广西、海南、河北、河南、黑龙江、湖北、湖南、吉林、江苏、江西、辽宁、宁夏、青海、山东、山西、陕西、四川、天津、浙江。共发放问卷2300份，共回收有效问卷2151份。

研究结果发现，目前中国公民的司法公正感还远没有达到令人满意的程度。性别在中国公民司法公正感量表的各维度及总分上无显著差异，其它人口学变量在该量表的总分上差异显著，在各维度上的差异有不同表现。具体而言，西北地区人民的司法公正感最高，而华北地区人民的司法公正感最低；年龄越大的公民，其司法公正感越高；教育水平与司法公正感的关系呈倒U形，高中、中专学历的公民司法公正感最高，未受过教育的和硕士以上学历的司法公正感最低；已婚的公民司法公正感最高，未婚及丧偶的公民司法公正感最低；国家与社会管理者的司法公正感最高，城乡无业或半失业者的司法公正感最低；家庭经

[1] 李婕，马皑．中国公民司法公正感心理学解析[J]．牡丹江师范学院（哲学社会科学版），2014（4）：9-12.

济收入与司法公正感的关系呈U形，家庭年收入在10万元左右的中等收入居民司法公正感最低，家庭年收入较低和较高的公民司法公正感较高；参与过诉讼的公民司法公正感低于没有参与过诉讼的公民，而其中败诉的低于胜诉但执行困难的，胜诉但执行困难的低于胜诉且判决结果顺利执行的。

二、司法公正感影响因素

在中国社会当下，人民群众对司法公正的感知远没有达到理想状态，每年高居不下的上诉率和上访率正是这一问题最直接的反应。云南省2011年刑事案件的上诉率为18.62%，2009年最高人民法院人民来访接待室登记接待的进京来访总量为67000余人次，2010年基本持平。“同案为何不同判”“同罪为何不同罚”这些质疑声显示出民众对于判决的不认同。

诉讼当事人作为与司法接触最直接，受判决影响最大的群体，他们对于法律公正与否的感知往往比非诉群体更深刻、具体。为什么近年来上诉率与上访率高居不下？笔者认为除了由于法制的日益健全，使得我国公民的法律意识增强，可以质疑判决外，更多的原因是来自于公民对法律不公正的感知。在以法律为表征的客观公正背后，每个具体的个人又都具有个人对法律的解读，即主观公正，主观公正具有利己性，当判决不能满足诉讼当事人的预期，无法实现机体内部平衡时，不公正感便产生。对法律不公正的感知与对判决的不认同是相互影响、不断促进的关系。

中国社会缺乏法治传统，中国法治的进程只有几十年，因而公民对法律公正性的感知是不稳定的，极易受媒体与周围言论的影响，所以当判决没有达到自己的理想状态时，他们没有对法律的信仰和稳定的法律公正感，便会质疑，进行外归因，不信任司法和执法过程，从而不认同判决，选择上诉或者上访。同时，由于不认同判决，大量上诉或者上访的现象，成为替代强化物，强化了诉讼当事人对法律不公正的感知，所以，二者不断地相互作用，可以在一定程度上解释中国当下高居不下的上诉与上访率。

相比令人不满意的诉讼当事人的法律公正感，非诉公民的法律公正感尚处在形成时期，具有很多模糊和不确定因素。在这一问题上，西方国家与我国存在很大差异，由于契约论等法治观念的深入人心，对法律抱有坚信不可置疑的信仰，他们的法律公正感更多的是预置的，所以当判决结果出现时，即使内心并不认同，但是他们会更倾向于接受而不是上诉。对于中国公民而言，我们的法治进程只有几十年，关系社会的文化和思想，使得非诉公民的法律公正感很不稳定，尚处在培育阶段。这种形成主要靠观察学习完成，非诉公民或通过观察身边诉讼当事人对判决的接受程度、反应来学习法律公正与否，或通过媒体、舆论报道来感知法律的公正与否。在这一时期，由于非诉公民不具有直接的感知和经验，他们非常容易受到经历过案件判决具有经验的诉讼当事人和媒体的影响。如果诉讼当事人本身对法律公正的感知低，并对司法系统进行隐蔽攻击，如散播不公流言等，那么其身边的非诉公民也很难产生高的法律公正感。由此可见，诉讼当事人的法律公正感与非诉公民的法律公正感是密不可分的，并且这两个群体的法律公正感相互渗透，相互转换，共同构成中国公民的法律公正感。

除此之外，裁判者的因素也起到关键性的作用。多数学者认同将法官量刑的过程看作能动主体理解、解释和适用法律的过程，喜好和厌恶、偏好和偏见、本能、情感、习惯和信念等都会影响法官适用法律的过程。仅以情感因素为例，在真实的审判中是否会影响法官量刑？笔者以法官为被试，进行过相关研究。[1]

1. 实验被试及材料

实验选取北京市 142 名法官作被试，剔除未完整作答 7 人，剩余被试 135 人。其中男性 108 人，女性 24 人，3 人未报告性别，年龄 39.2±8 岁，最小 26 岁，最大 57 岁。从业时间 10.5±8 年，最短 0.5 年，最长 31 年。

实验采用单因素随机实验组前测后测设计，前测为法官对无情绪涉入的盗窃或强奸案件所判刑期，后测为对情绪状态涉入案件所判刑期。自变量为情绪（同情、厌恶、愤怒），因变量为所判刑期。被试随机分为 3 组，分别为同情组（45 人）、厌恶组（40 人）、愤怒组（50 人）。

实验材料为案件情绪影响量刑问卷，包括 6 个分问卷（同情组 AB 问卷、厌恶组 AB 问卷和愤怒组 AB 问卷）。每个问卷包括 2 个盗窃案件和 2 个强奸案件。每类案件的实验材料力求法定量刑情节和酌定量刑情节完全相同，差

[1] 李婕，马皑，罗大华 . 案件无关情绪和案件相关情绪对法官量刑决策影响的实验研究 [J]. 心理科学，2015（1）：196-202.

别只是案件诱发的情绪不同。共 8 个实验材料，每个材料 210 字左右。

2. 实验程序

每组被试分别进行实验。被试被安排在隔音效果良好的会议室里，发放案件情绪影响量刑问卷。以同情组 A 分问卷为例，依次呈现无情绪诱发的盗窃案件、诱发同情的盗窃案件、无情绪诱发的强奸案件和诱发同情的强奸案件。在完成 4 个案件判决后，法官对刚才案件材料所诱发的情绪反应做 5 点评分。最后请被试填写性别、年龄、从业时间等基本人口学信息。

3. 结果与讨论

（1）不同情绪下法官所判刑期

法官被试在案件诱发的不同情绪下对盗窃和强奸案件所判刑期如表 5.2.1 所示。

表 5.2.1　案件相关情绪状态下法官所判刑期（单位：年）

情绪状态	盗窃案件			强奸案件		
	N	*M*	*SD*	*N*	*M*	*SD*
无情绪涉入	134	2.92	1.21	135	4.0	1.31
同情情绪	45	2.32	1.17	45	3.51	1.25
厌恶情绪	40	3.71	1.54	41	5.19	1.79
愤怒情绪	49	3.87	1.69	49	5.80	1.98

（2）案件相关情绪对法官量刑决策的影响

本实验采用前测后测设计，为确保差异来源是由自变量情绪引起，而非法官本身在无情绪涉入状态下存在的量刑差异，所以进行协方差检验。该检验前提是各组回归斜率相等，盗窃案件中，无情绪状态下量刑和盗窃案件情绪的交互作用 $F(2, 128)=2.292$，$p>0.05$，强奸案件中，交

互作用 F（2，129）=1.844，$p>0.05$，说明交互作用均无统计学意义，因此斜率可认为相同，符合协方差分析条件。

协方差检验结果表明，无情绪涉入状态下的量刑对法官情绪状态下量刑影响显著（盗窃案件：F（1，130）=245.232，$p<0.01$，$\eta^2=0.654$，$1-\beta=1$；强奸案件：F（1，131）=88.976，$p<0.01$，$\eta^2=0.404$，$1-\beta=1$），案件相关情绪对量刑影响显著（盗窃案件：F（2，130）=32.905，$p<0.01$，$\eta^2=0.336$，$1-\beta=1$；强奸案件：F（2，131）=58.155，$p<0.01$，$\eta^2=0.47$，$1-\beta=1$）。

剔除无情绪涉入状态下量刑这一无关变量的影响，采用修正后的量刑均数，结果表明：盗窃案件中，案件相关情绪对量刑影响显著，F（2，130）=32.905，$p<0.01$，$\eta^2=0.336$，$1-\beta=1$，法官在案件诱发的同情情绪下所判刑期（M=2.43，SD=0.13）比厌恶（M=3.76，SD=0.14）、愤怒（M=3.72，SD=0.13）下更短，厌恶和愤怒情绪下刑期无显著差异。强奸案件中，案件相关情绪对量刑影响显著，F（2，131）=58.155，$p<0.01$，$\eta^2=0.47$，$1-\beta=1$，法官在案件诱发的同情情绪下所判刑期（M=3.12，SD=0.20）比厌恶（M=5.27，SD=0.21）、愤怒（M=6.10，SD=0.19）下更短，愤怒情绪下刑期比厌恶情绪下更长。

对不同情绪状态下案件的刑期与无情绪涉入状态下刑期进行 t 检验，结果表明，同情情绪下刑期显著短于无情绪涉入状态下刑期（盗窃案件：t=4.69，$p<0.01$；强奸案件：t=7.83，$p<0.01$），厌恶情绪下刑期显著长于无情绪涉入状态下刑期（盗窃案件：t=8.0，$p<0.01$；强奸案件：t=−11.21，$p<0.01$），愤怒情绪下刑期显著长于无情

绪涉入状态下刑期（盗窃案件：t=3.72，p<0.01；强奸案件：t=−18.55，p<0.01）。

（3）性别和案件相关情绪对法官量刑决策的影响

以性别和案件相关情绪为自变量，刑期为因变量，进行两因素方差分析。盗窃案件中，案件相关情绪对量刑影响显著，F（2，125）=5.141，p<0.05，η^2=0.076，1−β=0.817，性别对量刑影响不显著，F（1，125）=2.098，p>0.05，交互作用不显著，F（2，125）=1.344，p>0.05。强奸案件中，案件相关情绪对量刑影响显著，F（2，126）=8.182，p<0.05，η^2=0.115，1−β=0.956，性别对量刑影响不显著，F（1，126）=0.001，p>0.05，交互作用不显著，F（2，126）=1.245，p>0.05。

（4）从业时间和案件相关情绪对法官量刑决策的影响

以从业时间和案件相关情绪为自变量，刑期为因变量，进行两因素方差分析。盗窃案件中，从业时间5年及以下55人，5年以上72人，15人未报告。案件相关情绪对量刑影响显著，F（2，121）=14.479，p<0.05，η^2=0.193，1−b=0.999，从业时间对量刑影响不显著，F（1，121）=1.246，p>0.05，交互作用不显著，F（2，121）=2.940，p>0.05。强奸案件中，从业时间5年及以下55人，5年以上73人，14人未报告。案件相关情绪对量刑影响显著，F(2，122）=22.031，p<0.05，η^2=0.265，1−b=1，从业时间对量刑影响不显著，F（1，122）=2.301，p>0.05，交互作用不显著，F（2，122）=0.837，p>0.05。

4. 讨论

本研究结果同时验证了案件相关情绪对决策的影响，

案件相关情绪显著影响法官量刑决策。案件引发的同情情绪使法官所判刑期短于无情绪涉入状态，而厌恶和愤怒情绪下的刑期长于无情绪涉入状态，符合情绪泛化假说[1]，正性情绪比负性情绪能引发更乐观的估计，负性情绪比正性情绪能引发更悲观的估计。法官在同情情绪下，更易对被告人产生正面评估，从而减少刑期，而处在厌恶和愤怒情绪下，更易对被告人产生负面评估，从而增加刑期。两类案件的差别在于，强奸案件中，愤怒情绪下刑期显著长于厌恶情绪下刑期，而盗窃案件则不存在这种差异。笔者分析造成这种差异的原因，对量刑的影响不仅在于情绪种类也在于情绪的诱发程度。盗窃案件侵犯的是财产权利，强奸案件侵犯的是人身权利，后者的社会危害性以及刑罚惩罚都比前者严重的多。社会文化以及法律的否定性评价使得人们对强奸案件产生更强烈的情绪反应，厌恶和愤怒情绪的差异在强奸案件中区别更明显。在实验材料的情绪评定上，强奸案件中两种情绪诱发程度上的差异也大于盗窃案件。

总而言之，随着中国特色社会主义法律体系的基本形成，中国的法治进程已经进入了有法可依的第一阶段，并在向有法必依与执法必严的第二阶段发展。然而，中国社会主义法治体系基本完善的标准，并不仅仅体现为制度的建设和落实，而是以公众对法律、司法、执法得是否公正的认知为标准。公民形成对法律的公正感，法律的客观公

---

[1] Johnson，E. J.，& Tversky，A.（1983）. Affect，generalization，and the perception of risk. Journal of personality and social psychology，45（1），20-31.

正与公众个人的主观公正相统一，不仅反映了法律与司法、执法的真实效果，也是中国人将法律作为个人信仰的体现。中国社会主义法治体系也就步入了人人守法并用法律保护权益的第三阶段。目前我们仍然在第二阶段的途中，公民的司法公正感还远没有达到满意状态，在这种时代背景下如何进行司法模式和个人模式的选择，我们将在下一节进一步探讨。

第三节　报应性司法与恢复性司法[1]

目前，世界各国的司法体制是以传统的以惩罚为中心的报应性司法为主，恢复性司法潮流有蔓延之势，在加拿大、美国等国率先试行。

一、报应性司法与恢复性司法之比较

报应性司法是以惩罚为中心，将犯罪视为“孤立的个人反对统治关系的斗争”[2]，这种“国家—犯罪人”的二元模式，有效减少了私人复仇，国家成为被害人强有力的代言人，打击了犯罪。但是，随着国家公权力的不断扩张，被害人在司法中的地位不断下降，甚至仅仅只有报案、作证的权利，无权参与案件的审判，逐渐成为“被遗忘的角落”。加之，报应性司法的弊端逐渐暴露，其巨大的司法成本并没有带来大规模犯罪率的下降，惩罚的有效性、刑法的威慑性越来越受到质疑。20 世纪末被害人运动的兴起，

[1] 李婕 . 化解纠纷过程中冲突双方有效性策略选择——报应性司法与恢复性司法之比较 [C]. 两岸经贸发展与司法互助论文集（台湾），2005：377-385.

[2] 马克昌 . 犯罪通论 [M]. 武汉：武汉大学出版社，1999：5.

以恢复为中心的司法模式开始受到瞩目，试图建立“国家—受害人—犯罪人”的三元结构模式，恢复性司法的目的，简单来说是“使罪犯悔过，被害人康复，消除彼此敌意，放下犯罪，重建生活”[1]。由于恢复性司法在补偿被害人、减少再犯上的积极作用，以及有效减少司法成本上的经济考量，受到越来越多国家的青睐，各个国家有学习、借鉴恢复性司法的趋势。

报应性司法和恢复性司法作为两种司法模式，很多学者都对其进行过比较，认为二者在目的、参与对象、程序、效果等方面有诸多差异。其中较为全面的如吴宗宪[2]在介绍霍华德•塞尔教授的两种司法模式差异的表格，见表5.3.1。

表5.3.1 报应性司法模式与恢复性司法模式比较

报应性模式	恢复性模式
1. 把犯罪看成是对国家的侵害	1. 把犯罪看成是一个人对另一个人的侵害
2. 着眼于建立羞耻感、罪恶感，着眼于过去（个人是否进行了犯罪行为？）	2. 着眼于问题解决、责任、义务和未来（应该做什么？）
3. 对抗性关系和正规的程序	3. 对话和正规协商
4. 通过施加痛苦进行惩罚和威慑/预防	4. 把赔偿作为恢复双方关系的一种手段，把和解和恢复作为目标
5. 用意图和程序来界定“正义”，强调公正原则（rightrules）	5. 把“正义”界定为正常关系（rightrelationships），用结果判断是否符合正义
6. 模糊、淡化犯罪的人际冲突性质；把犯罪看成是个人与国家之间的冲突	6. 把犯罪看成是人际冲突；承认冲突的价值

[1] 安德鲁•卡曼. 犯罪被害人学导论 [M]. 李伟，译. 北京：北京大学出版社，2010：437.

[2] 吴宗宪. 恢复性司法述评 [J]. 江苏警官学院学报，2002（3）：69-85.

（续表）

报应性模式	恢复性模式
7. 用一种社会性伤害代替另一种社会性伤害	7. 着眼于修复社会性伤害
8. 将社区作为旁观者，抽象地用国家代表社区	8. 把社区作为恢复过程的促进者
9. 鼓励竞争性的、个人性的价值观	9. 鼓励相互性
10. 诉讼活动是国家针对犯罪人的，忽视了被害人，犯罪人是被动的	10. 在问题和问题解决中承认被害人和犯罪人的作用，承认被害人的权利和需要，鼓励犯罪人承担责任
11. 把犯罪的有责任性当作应受惩罚性	11. 把犯罪人的有责任性看成是对犯罪行为后果的理解，帮助犯罪人认识到怎样做是正确的
12. 用纯粹法律的术语界定犯罪，回避了犯罪的道德、社会、经济和政治方面	12. 从道德、社会、经济和政治各个方面理解犯罪
13. 抽象地认为（犯罪人）欠了国家和社会的债	13. 承认（犯罪人）欠了被害人的债
14. 主要对犯罪人过去的行为采取反应措施	14. 主要对犯罪人行为的有害后果采取措施
15. 犯罪的烙印无法消除	15. 可以通过恢复性活动消除犯罪的烙印
16. 不鼓励忏悔和宽恕	16. 可以忏悔和宽恕
17. 依赖专业代理人员	17. 当事人各方直接参与

二、报应性司法与恢复性司法之定位

报应性司法与恢复性司法的区别如此之大，那么二者的关系应该如何？是应该由恢复性司法取代报应性司法，还是二者同时存在，作为处理犯罪时的择一选择，或者具有主次关系，以某一种司法模式为主，另一种司法模式作为有益补充？目前学界普遍认为，二者的关系存在两种方案：平行方案和整体方案。

“平行方案是恢复性司法程序在正式的刑事司法体制之外运作，并与正式的刑事司法体制之间没有正式的或结构性的联系，……其目的包括加强社区对冲突或犯罪的反应能力，满足被害人和犯罪人的需要，或促进各方的和解，治愈犯罪所造成的伤害。”[1] 在平行模式中，以自愿为原则，就赔偿等问题进行协商，犯罪人与受害人作为和解的双方，他们的地位并没有明显的不同。总的来说，平行方案是要求二者单独进行的，这就引发一个严重的弊端，平行方案让犯罪人觉得自己的一次犯罪行为实际上遭受了两次处罚，一次在法庭上，一次在协商中。既然和解的结果并不足以影响审判（如监禁的期限），那么很多犯罪人自愿和解和赔偿的意愿便大大降低了。

泽尔对平行方案进行了具体的划分：一种修正了的民事程序、平行轨道模式和平行且有联系的轨道模式。[2] 一种修正了的民事程序是用恢复性司法模式代替当下的刑事司法体制，把犯罪当作民事程序中的侵权行为来处理，用调解取代诉讼，成为处理纠纷的常规形式；平行轨道模式是将恢复性司法作为刑法的替代性选择，不处理进入刑事司法程序的纠纷，而是解决没有提交到正式司法程序的纠纷；平行且有联系的轨道模式是建构一套与刑事司法体制相联系的恢复性司法体制，它们相互依靠，相互作用，恢

[1] 刘方权 . 恢复性司法：一个概念性框架 [J]. 山东警察学院学报，2005，17（1）：31-36.

[2] 格里•约翰斯通 . 恢复性司法：理念、价值与争议 [M]. 郝方昉，译 . 北京：中国人民公安大学出版社，2011：198.

复性司法中的忏悔、道歉、赔偿、宽恕等都成为案件审判的重要因素。格里•约翰斯通认为上述三种模式都是“不太可能的恢复性司法实施模式”[1]，尽管一些模式在一些国家施行（如日本法律施行第三种模式），但是由于文化、司法环境等诸多因素，恢复性司法模式的定位与发展更可能是倾向于整体方案。

国内的许多学者也更认同恢复性司法的整体方案。整体方案寻求的是“对法庭判决产生影响或为之提供一种替代性方式，或利用刑事司法体制来帮助、监督或执行恢复性司法程序中达成的协议”[2]。在这一模式下，恢复性司法程序有机地纳入了国家司法体系，是正式刑事司法的有益补充和重要组成，从而名实相符，既有司法之名，又有司法之实。[3]

目前，整体性方案的实施主要应用在两类：青少年犯罪和应对轻微犯罪。如“瑞典已经任命了一个一人委员会调查和分析青年罪犯调解在司法系统中的作用，并审议有关这一事务的可能的立法”[4]，“英国的青少年司法改革已经纳入了恢复性原则”[5]，“美国至少已经有 14 个州的少年法

---

[1] 格里•约翰斯通．恢复性司法：理念、价值与争议 [M]. 郝方昉，译．北京：中国人民公安大学出版社，2011：198.

[2] 刘方权．恢复性司法：一个概念性框架 [J]. 山东警察学院学报，2005，17（1）：31-36.

[3] 唐芳．恢复性司法的困境及其超越 [J]. 法律科学（西北政法大学学报），2006，24（4）：55-63.

[4] 刘方权．恢复性司法：一个概念性框架 [J]. 山东警察学院学报，2005，17（1）：31-36.

[5] 刘方权．恢复性司法：一个概念性框架 [J]. 山东警察学院学报，2005，17（1）：31-36.

典采纳了平衡与恢复性司法。”[1] 对青少年犯罪群体采用恢复性司法替代传统的报应性司法，一方面是青少年罪犯的人生观、世界观尚未定型，可塑性强，加之生理因素的原因，冲动性强，对抗型强，以道歉、宽恕、和解为中心的恢复性司法对于教育青少年犯罪人、减少其再犯效果更佳。另一方面，恢复性司法也作为一种福利，是长期以来将青少年群体区别于成年犯罪人应对方式的承继。但是这种模式也存在一定的问题：首先将恢复性司法的适用对象只定位于青少年群体，至目前为止是缺乏理论依据的，并且有违恢复性司法普遍适用的初衷；其次恢复性司法旨在关注受害人权益，而将恢复性司法定位于青少年罪犯，是否适用恢复性司法，对被害人的赔偿、救助，取决于犯罪人的年龄，而与被害人无关，也有失偏颇。

恢复性司法适用于轻微案件的模式易于为大众接受，人们很难对杀人、重伤害的犯罪人予以宽恕，握手言和，不对其进行残酷的惩罚便不足以平息怒火。但是对于轻微伤害案件或是财产型侵害案件，犯罪人与受害人并无深仇大恨，甚至根本不认识，在调解人的主持下，真诚地忏悔、道歉，合理地赔偿，原谅、和解并不是没有可能。这种恢复性的调解对三方均有利，被害人得到了最大化的补偿，解除了心理的疑惑（如为什么你要选择我），平息了愤怒，放下仇恨与伤害，重新生活；犯罪人减少或避免了刑事处罚，认识到自己的行为带给受害人的伤害，得到了宽恕，内心重归平静，减

[1] 吴宗宪 . 恢复性司法述评 [J]. 江苏警官学院学报，2002（3）：69-85.

小了再犯的可能性；国家节约了司法成本，促使社会的和谐。但是这种模式也受到质疑：有学者认为："恢复性司法仅适用于或最适用于轻微犯罪是对恢复性司法的歪曲，恢复性司法运动不可能实现它的'将惩罚之适用边缘化并取而代之'的目标，惩罚仍然几乎像以前一样广泛地应用，而恢复性司法则被用于'扩大对于之前被刑事司法体制忽略了的非常轻微之犯罪的正式控制'。"[1]

此外，泽尔提出"将恢复性司法观念和技术融入刑罚之中"[2]的模式，并认为这种模式在现行的司法体制下更具有可行性。在保持以惩罚为中心的刑事司法体制下，融入恢复性司法观念及技术，如重视被害人的心理损害、修复被害人的损害、运用调解技术等，目的不在于用恢复性代替报应性，而是将刚硬的报应性司法体制变得更加具有人性关怀。

---

[1] 格里•约翰斯通．恢复性司法：理念、价值与争议[M]．郝方昉，译．北京：中国人民公安大学出版社，2011：204.

[2] 格里•约翰斯通．恢复性司法：理念、价值与争议[M]．郝方昉，译．北京：中国人民公安大学出版社，2011：204.

第四节　较为稳妥的策略选择

在面对侵害问题时，从司法模式和个人两个角度下对策略加以考量可能是较为稳妥的选择。

一、司法模式的选择

1. 坚持报应性司法模式为主

刑罚理论的流变经历了功利论、报应论、预防论、报应论的回归、综合理论[1]，但报应论依旧占据主导地位[2]。在国际上，多数国家的司法模式采用报应性司法，我国现行的法律也是报应性司法。

这种以惩罚为核心，以威慑和预防为目的的报应性司法是目前我国应当坚持的司法模式。

从效用上看，报应性司法确实在很大程度上威慑了犯罪人和潜在犯罪人，起到了特殊预防的作用，而以宽恕为核心的恢复性司法不能替代。本文研究三的实证研究部分，

[1] 茅仲华 . 刑法代价论 [M]. 北京：法律出版社，2013.

[2] 王立峰 . 惩罚的哲理 [M]. 北京：清华大学出版社，2013：14-24，70，91-96，121-126.

访谈中绝大多数的暴力犯罪人表示不愿再犯，是因为监狱“不是人呆的地方”“实在太受罪了”，他们对于犯罪行为的悔过也是出于惩罚带给他们的痛苦。几乎没有一个犯罪人表示他们对于罪行的悔过是出于良知或者受害人遭受的痛苦，问及是否考虑过受害人的感受，或是否得到受害人原谅此类话题时，他们多表示“没想那么多”，或者“我付出代价了，两清了”。

从接受程度上看，报应性司法模式更符合中国人根深蒂固的报应观，他们认同“杀人偿命，欠债还钱”，也认同因果报应，一报应还一报的法则。在实证研究三中，一名暴力犯罪人的表述令人印象深刻，他在网逃期间，投奔朋友，结果被朋友举报，他说他在狱中一直惦记着出来报仇，他做的错事，受到了法律的制裁，“出卖”朋友的人法律上不制裁，他就自己动手，他也做好了再受惩罚的准备。可见，犯罪人非常认同做错事需要受到惩罚的规则，但是当法律不支持惩罚他认为也做了错事的人，他便会自己动手维护自己的内心准则，即使再遭受惩罚。所以，对于坚持朴素报应观的人来说，冒然应用以宽恕为核心的恢复性司法可能会冲击他固有的价值准则，让他们认为不公，从而私自采取行动。

另外，宽恕的概念源于西方宗教，与中国传统文化中的“忠恕”有较大区别，中国人并不十分理解宽恕，而将此等同于“算了”，缺少宽恕背后爱与同情的内涵。而中国传统文化忠义轻财，君子更应视金钱为粪土，在报复向刑法的进化中，东方文化便缺少了赔偿时期，缺少了赔偿替代报应的传统。加之恢复性司法本身具有的困境，其适用性备受质疑，中国当代公民对法律的信仰远不能令人满意，公民司法公正感偏低。在这种现实情境下，确实不能冒然推广恢复性司法模式，既会冲击公众的心理接受度，产生“以钱买刑”的偏见，产生更低的司法公正感，也会在遏制犯罪效果上出现问题。

2. 青少年群体可适当尝试恢复性司法模式

然而，恢复性司法模式也具有超越传统司法模式的优势，它对被害人权益的关注、对犯罪人再犯的预防作用和司法成本的减小，于司法体制来说具有巨大的吸引力。我国目前可以在青少年群体中尝试恢复性司法模式的探索。

从恢复性司法在国际上的发展来看，主要应用于轻微罪行和青少年犯罪中，很多国家建立青少年法庭，制定青少年犯罪的相应恢复性司法程序如，“英国的青少年司法改革已经纳入了恢复性原则”[1]，“美国至少已经有 14 个州的少年法典采纳了平衡与恢复性司法。”[2] 这种在青少年群体中率先尝试恢复性司法的做法可能较易于民众的接受，一方面青少年犯罪人心智未成熟，价值观未定向，采用较为缓和的司法模式可能有助于青少年犯罪人的真心悔过；另一方面恢复性司法作为一种“福利”应用于青少年群体，也较符合传统司法模式中的对于不完全刑事责任能力人较轻处罚的传统。

在本文的实证研究一、二中，我们也发现，侵犯者年

---

[1] 刘方权 . 恢复性司法：一个概念性框架 [J]. 山东警察学院学报，2005，17（1）：31-36.

[2] 吴宗宪 . 恢复性司法述评 [J]. 江苏警官学院学报，2002（3）：69-85.

龄与受害者策略在影响再次侵犯上存在显著的交互作用。青少年群体对于使用宽恕策略的受害人再次侵犯的可能性最小，而对使用报复、惩罚的受害人再次侵犯的可能性较高；成年中晚期直至老年，人们对使用宽恕策略的受害人再次侵犯的可能性较高，而对使用报复、惩罚的受害人再次侵犯的可能性较低。由此可见，以宽恕、和解为核心的恢复性司法可能比以惩罚为核心的传统司法对于减少青少年再犯更有效。

二、受害人层面的选择

从受害人角度看，究竟何种应对策略，是报复、惩罚、沉默还是宽恕最有利于减少再次侵害？事实上，无论是报复、惩罚还是宽恕都有其生物学进化的根源，是适应环境的产物[1]，加之影响再次侵害甚至犯罪的因素众多且关系复杂，同样的受害人策略对于不同性格、年龄、地域的侵犯者，在不同的情境中有着千差万别的表现，所以不可能存在放之四海皆准的策略。但是，我们也可以从不同学科的理论分析以及本文的实证研究中得出一些较为稳妥的策略选择。

首先，虽然每一种策略都是适应环境的产物，都对于减少再次侵犯起到一定的作用，但它们所适应的环境与现代社会的环境已有很大不同。报复策略的适用是在远古时

[1] Flannelly K J. Beyond Revenge : The Evolution of the Forgiveness Instinct（Hardcover）[J]. Journal of Health Care Chaplaincy，2008，5（1）: 97-100 : 23-24.

期，尤其是法律未存时期，所以在当代社会，报复策略已经水土不服，其风险已超过收益，很可能激发再次侵犯。在本文的实证研究中也已验证报复策略在绝大多数的情况下引发的再次侵犯高于其他策略。

其次，从受害人角度进行策略选择，需要考虑伤害的严重程度、与侵犯者的关系、是否是暴力犯罪人、年龄、地域文化等主要因素。

1. **伤害的严重程度**

对于伤害严重的侵害，被害人几乎无法做出宽恕决策。美国《时代周刊》杂志 1999 年做了这样一个研究 [1]，研究者随机采访 1049 个成年人，让他们想象经历以下事件：对你说谎、偷你的钱、打你的脸、向你开枪、谋杀你社区的人、强奸你、强奸你的家庭成员、谋杀你的孩子，你最终是宽恕还是报复。结果大部分的人会在侵犯程度低，如说谎、偷钱上选择宽恕，而在具有严重后果的侵犯上选择不宽恕。对于伤害较轻的侵害，尤其是人际间的纠纷，多数研究认为，宽恕不失为一个较为安全的策略选择 [2]，但其中又需要考虑与侵犯者的亲密度、暴力犯罪人等因素，如对于家庭暴力的受害人而言，宽恕则可能让其陷入反复被害的恶性循环。

---

[1] Flannelly K J. Beyond Revenge : The Evolution of the Forgiveness Instinct（Hardcover）[J]. Journal of Health Care Chaplaincy，2008，5（1）: 97-100 : 23-24.

[2] 张田，丁雪辰，翁晶，傅宏，薛艳 .“得寸进尺”还是“适可而止”：基于冒犯者角度对宽恕结果的讨论 [J]. 心理科学进展，2014，22（1）: 104-111.

2. 与侵犯者的关系

如果将受害人与侵犯者的关系分为亲密、熟人和陌生人三种，在亲密关系中，如父（母）子（女）、夫妻、挚友，绝大多数的人会选择宽恕，出于爱与维系关系的需要，受害人甚至会对做出严重伤害的至亲选择宽恕，而通常情况下，被宽恕的侵犯者也会愧疚、懊悔，加倍补偿，但需要注意家庭暴力的特殊性。在熟人关系中，受害人宽恕、沉默、惩罚的决策偏好差异不显著。在陌生人关系中，绝大多数的受害者不会选择宽恕，诉诸于公的惩罚可能是中、重度伤害的较优决策，对于轻微、无意伤害，宽恕可能既有利于化解矛盾，避免矛盾升级，也可以让自己从愤怒中解脱出来，有利于自身的身心健康。

3. 暴力犯罪人的特殊性

在受害人决策中应注意暴力犯罪人的特殊性，在实证研究中我们发现，多数暴力犯罪人尤其是因小事冲动产生严重犯罪的暴力犯罪人，他们易激惹、情绪波动大、控制力差，做事不顾后果，容易意气用事，如果被害人采用报复策略，极易矛盾升级，出现再次侵犯的情况。而采用宽恕策略也并不合适，因为多数暴力犯罪人不认同宽恕或原谅，易将其理解为软弱与怕事，容易因侵犯获利并不遭到惩罚而再次出手。总的来说，对待暴力犯罪人，诉诸于公的法律惩罚较为适宜。

4. 年龄与地域文化的差异

年龄的差异是本文实证研究最大的发现，青少年最易再次侵犯的被害人依次为报复者、惩罚者、沉默者和宽恕者；成年中期对四种策略的受害者再次侵犯偏好上差异不显著；成年晚期、老年人对于报复者再次侵犯最低。但本研究选取的被试来自传统文化保留最多的甘肃、山西两地，该地域人们具有勤劳、忠厚、适应忍耐、崇祖迷信、长老中心等特质[1]，血缘、地域观念浓厚，法治观念较为落后。目前较为确定的结论是，被害人的宽恕策略对于减少青少年侵犯者的再次侵犯较为有效，这一点也在国内外的相关研究中得到验证。

总的来说，受害人层面下的策略选择是复杂而又充满变量的，没有任何一种策略是绝对安全的。实际上，很多时候受害人的决策也并非完全受理性支配，例如即使知道宽恕是最好的选择，一些被害人还是始终无法放下仇恨。所以从被害人角度如何做最稳妥的决策以及如何促成这种决策，还有漫长的研究道路。

[1] 张海钟，姜永志，赵文进，等．中国区域跨文化心理学理论探索与实证研究 [J]. 心理科学进展，2012，20（8）：1229-1236.

后　　记

学习法律心理学至今已有十二个年头，从仅仅是因为兴趣报考中国政法大学犯罪心理学专业，到站在讲台上向司法人员讲授心理学在司法领域的应用，在大学开设犯罪心理学选修课，我对于犯罪、攻击、侵犯、报复的理解愈加深刻，也开始逐渐从攻击、侵犯的对立面进行思考：既然侵犯无处不在，究竟是以牙还牙的报复，还是一笑泯恩仇的宽恕，更有利于受害者的自我保全？如果选择宽恕，侵犯者会再次伤害吗？

为了弄清这个问题，我尝试向哲学、生物学、进化论、法学、宗教寻找答案，在此基础上运用心理学专业的质性研究方法和实验的研究方法予以实证性的检验。探寻的过程充满曲折与艰辛，曾有一度我对耗费大量的时间、精力探讨这个问题的价值产生怀疑，甚至对于学术论文撰写的价值产生怀疑：究竟这些耗费心血码出的字有多少人会去看呢？但是在真正投入研究的过程中，我慢慢放开功利性的想法，对问题探寻的过程，不仅是一场与前人思想上思辨性的对话，也是我内心深处不断自己剖析、自我解惑的过程，它让我的生命豁然开朗。

这本《报复与宽恕的博弈》是以我的博士论文为蓝

本完成的，得到了燕山大学博士基金的支持，是我十年求学生涯的见证。回顾求学之路，我格外幸运。有幸能成为中国犯罪心理学学科的主要奠基人罗大华先生的博士研究生，罗老师已离去三年，音容笑貌却仍在耳边。罗老师以一生的心血奠定了中国犯罪心理学学科的发展，以精益求精的治学态度教诲学生。遥想选题之初便得到罗老师的支持和鼓励，只是书稿未成，先师已去，未能让罗老师审阅，终成毕生遗憾。有幸得遇恩师马皑教授，十年悉心指导，不弃愚笨之资，直到今天，毕业两年有余，遇到学术、生活上的难题，马皑老师还是第一时间全力相助，于学生而言，马皑老师不仅是犯罪心理学、法律心理学的领路人，更是学科薪火相传的守护者。

感谢我的父亲李明全和我的母亲邵华，特别希望他们的名字能出现在我的第一本专著里，感谢他们以普通工薪家庭一路支持我无后顾之忧地求学。博士期间，我生下宝宝，为了让我继续学业、顺利毕业，我的母亲全程帮我照顾孩子，其间辛劳，大概只有亲手带过孩子的父母才可体会。感谢我的爱人任文启，一直以来支持我的梦想，尊重我的决定。还想感谢我的宝贝任宝嘉，论文撰写期间，一次次把她从我的书桌旁送去客厅，一次次听到她稚嫩的“妈妈陪陪你（我）”的请求，我有太多亏欠和内疚。

起笔至今，我经历了人生的许多大事，结婚、生子、导师离世、亲人离世，我也愈加明白人生无常，正像书中所述，生活中的挫折、伤害无处不在，在有限的生命里应常抱感恩之心，常怀宽恕之心，是原谅他人，更是救赎自己。热爱生活，热爱生命。

谨以此书献给我的导师和家人。

李婕

2018年11月16日

参考文献

一、中文专著

[1] 辞海委员会.辞海[M].上海：上海辞书出版社，1979：3653，3857.

[2] 中国社会科学院语言研究所词典室.现代汉语词典(第6版)[M].北京：商务印书馆，2013：170，352，754，1086，1600.

[3] 林崇德，杨治良，黄希庭.心理学大辞典[M].上海：上海教育出版社，2003：236.

[4] 柏杨.丑陋的中国人[M].北京：人民文学出版社，2008：159-160.

[5] 陈向明.质的研究方法与社会科学研究[M].北京：教育科学出版社，2000：327，332.

[6] 陈晓明.修复性司法的理论与实践[M].北京：法律出版社，2006：74.

[7] 冯骥才.一百个人的十年[M].北京：文化艺术出版社，2014：前记6.

[8] 来可泓.论语直解[M].上海：复旦大学出版社，2000：168.

[9] 罗大华，何为民 . 犯罪心理学 . 第 2 版 [M]. 北京：中国政法大学出版社，2012.

[10] 马皑，张恩友，李婕 . 犯罪心理学 [M]. 北京：中国人民大学出版社，2018.

[11] 马皑，李婕 . 法律何以信仰——中国公民司法公正感实证研究 [M]. 北京：中国政法大学出版社，2017.

[12] 马克昌 . 犯罪通论 [M]. 武汉：武汉大学出版社，1991：5.

[13] 茅仲华 . 刑法代价论 [M]. 北京：法律出版社，2013.

[14] 曲新久 . 刑法学 [M]. 北京：中国政法大学出版社，2009：203-207.

[15] 王立峰 . 惩罚的哲理 [M]. 北京：清华大学出版社，2013：14-24，70，91-96，121-126.

[16] 张宏杰 . 中国国民性演变历程 [M]. 长沙：湖南人民出版社，2016：14，42-58，84，104，117，168.

[17] 张明楷 . 刑法学 [M]. 北京：法律出版社，2012：464-465.

二、中文译著

[1] 黑格尔 . 法哲学原理 [M]. 范扬，张全泰，译 . 北京：商务印书馆，1961：99-108，223.

[2] 康德 . 法的形而上学原理 [M]. 沈叔平，译 . 北京：商务印书馆，1991：26，164-167，202.

[3] D Nye. 三种心理学 [M]. 石林，袁坤，译 . 北京：中国轻工业出版社，2000：100-103.

[4] 赫希 . 已然之罪还是未然之罪 [M]. 邱兴隆，胡云腾，

译 . 北京：中国检察出版社，2001：63-64.
[5] 安德鲁•卡曼，李伟 . 犯罪被害人学导论 [M]. 北京大学出版社，2010：437.
[6] 波斯纳 . 正义的经济学 [M]. 苏力，译 . 北京：中国政法大学出版社，2002：215-216.
[7] 吉姆•丁克奇 . 那些伤，为什么我还放不下 [M]. 袁小茶，译 . 南宁：广西科学技术出版社，2014：25，41-44，80，104.
[8] 理查德•格里格，菲利普•津巴多 . 心理学与生活 [M]. 王垒，等译 . 北京：人民邮电出版社，2003：174-177.
[9] 罗尔斯 . 正义论 [M]. 何怀宏，译 . 北京：中国社会科学文献出版社，1988：172，233.
[10] 亚瑟•斯密斯 . 中国人的国民性 [M]. 张梦阳，王丽娟，译 . 北京：中国长安出版社，2014：1，2.
[11] 朱右曾，王国维，黄永年 . 古本竹书纪年辑校 [M]. 辽宁教育出版社，1992：32.
[12] 穗积陈重 . 复仇与法律 [M]. 曾玉婷，魏磊杰，译 . 北京：中国法制出版社，2013：3，8-9，30，80，118-129.
[13] 窦仪 . 宋刑统 [M]. 中华书局，1984：356.
[14] 边沁 . 道德与立法原理导论 [M]. 时殷弘，译 . 北京：商务印书馆，2000：57，216.
[15] 边沁 . 立法理论——刑法典原理 [M]. 孙力，等译 . 北京：中国人民公安大学出版社，1993：67，69.
[16] 格里•约翰斯通 . 恢复性司法：理念、价值与争议 [M]. 郝方昉，译 . 北京：中国人民公安大学出版社，2011：164，198，204.

[17] 迈尔斯，休伯曼 . 质性资料的分析：方法与实践 [M]. 张芬芬，译 . 重庆：重庆大学出版社，2006：83-92.

三、中文期刊

[1] 陈欣，赵国祥，叶浩生 . 公共物品困境中惩罚的形式与作用 [J]. 心理科学进展，2013，22(1)：160-170.
[2] 傅宏 . 宽恕理论在心理学治疗领域中的整合发展趋势 [J]. 教育研究与实验，2004(3)：54-59.
[3] 傅宏 . 宽恕心理学：理论蕴涵与发展前瞻 [J]. 南京师大学报 (社会科学版)，2003(6)：92-97.
[4] 胡三嫚，张爱卿，贾艳杰，等 . 大学生人际宽恕与报复心理研究 [J]. 中国临床心理学杂志，2005，13(1)：55-57.
[5] 胡三嫚，张爱卿，钟华，等 . 大学二年级学生人际宽恕与报复心理及其与抑郁的关系研究 [J]. 心理发展与教育，2005，V21(1)：104-108.
[6] 黄华金 . 大学生主观幸福感与宽恕心理的现状及关系研究 [J]. 社会心理科学，2009(2)：120-124.
[7] 李恩洁，凤四海 . 报复的理论模型及相关因素 [J]. 心理科学进展，2010(10)：1644-1652.
[8] 李贵卿，井润田，吴继红 . 工作—生活多角色责任感的测量及影响研究 [J]. 中国工业经济，2010(4)：130-140.
[9] 李婕 . 化解纠纷过程中冲突双方有效性策略选择——报应性司法与恢复性司法之比较 [J]. 两岸经贸发展与司法互助论文集 (台湾)，2005：377-385.

[10] 李婕 . 影响再次侵犯的实验研究：报复、惩罚、沉默、还是宽恕 ?[J]. 心理科学，2016(2)：424-429.
[11] 李婕 . 中西方语境下宽恕内涵的心理学阐释 [J]. 齐齐哈尔师范高等专科学校学报，2018(6).
[12] 李婕，罗大华 . 被害人心理损害评估及救助方案 [J]. 心理技术与运用，2015(5)：29-33.
[13] 李婕，马皑 . 中国公民司法公正感心理学解析 [J]. 牡丹江师范学院 (哲学社会科学版)，2014(4)：9-12.
[14] 李婕，马皑，罗大华 . 案件无关情绪和案件相关情绪对法官量刑决策影响的实验研究 [J]. 心理科学，2015(1)：196-202.
[15] 李湘晖 . 大学生宽恕与心理健康的相关分析 [J]. 中国健康心理学杂志，2008，16(7)：734-737.
[16] 李兆良 . 国外关于宽恕的心理学研究述评 [J]. 医学与社会，2009，22(3)：62-65.
[17] 刘方权 . 恢复性司法：一个概念性框架 [J]. 山东警察学院学报，2005，17(1)：31-36.
[18] 鲁萍 ."德先生"和"赛先生"之外的关怀——从"穆姑娘"的提出看新文化运动时期道德革命的走向 [J]. 历史研究，2006(1)：79-95.
[19] 罗春明，黄希庭 . 宽恕的心理学研究 [J]. 心理科学进展，2004，12(6)：908-908.
[20] 彭海青 . 论恢复性司法 [J]. 中国刑事法杂志，2004(3)：83-91.
[21] 邱兴隆 . 从复仇到该当：报应刑的生命路程 [J]. 法律科学 (西北政法大学学报)，2000(2)：83-91.

[22] 唐芳 . 恢复性司法的困境及其超越 [J]. 法律科学 (西北政法大学学报)，2006，24(4)：55-63.

[23] 唐红林，邹剑锋 . 儒家“孝治”对“血亲复仇”的扬抑 [J]. 宁波大学学报 (人文版)，2005，18(6)：26-30.

[24] 王登峰，崔红 . 行为的跨情境一致性及人格与行为的关系——对人格内涵及其中西方差异的理论与实证分析 [J]. 心理学报，2006，38(4)：543-552.

[25] 王沛，陈莉 . 惩罚和社会价值取向对公共物品两难中人际信任与合作行为的影响 [J]. 心理学报，2011，43(1)：52-64.

[26] 王世洲 . 现代刑罚目的理论与中国的选择 [J]. 法学研究，2003(3)：107-131.

[27] 吴宗宪 . 恢复性司法述评 [J]. 江苏警官学院学报，2002(3)：69-85.

[28] 张登浩，武艳俊 . 人格宽恕性与心理健康：社会支持的中介作用 [J]. 中国临床心理学杂志，2012，20(4)：577-579.

[29] 张海钟，姜永志，赵文进，等 . 中国区域跨文化心理学理论探索与实证研究 [J]. 心理科学进展，2012，20(8)：1229-1236.

[30] 张田，丁雪辰，翁晶，傅宏，薛艳 .“得寸进尺”还是“适可而止”：基于冒犯者角度对宽恕结果的讨论 [J]. 心理科学进展，2014，22(1)：104-111.

[31] 张旭，蔡一军 . 恢复性司法践行理路探析——以欧洲的实践为视角 [J]. 当代法学，2007，21(4)：18-24.

[32] 赵卓嘉 . 面子理论研究述评 [J]. 重庆大学学报 (社会科

学版），2012，18(5)：128-137.

四、学位论文

[1] 陈萍 . 中国人尚忍心态的心理学研究 [D]. 南京：南京师范大学，2006.
[2] 陈巍 . 血亲复仇主题在中国现代文学中的延伸和变异 [D]. 开封：河南大学，2007：7.
[3] 李湘晖 . 大学生宽恕与心理健康的相关研究 [D]. 南京：南京师范大学，2007.
[4] 李兆良 . 宽恕内涵的本土心理学反思 [D]. 长春：吉林大学，2011.
[5] 李周平 . 先秦两汉复仇现象比较研究 [D]. 大连：辽宁师范大学，2012：4-11.
[6] 王蕾 . 两汉复仇风俗研究 [D]. 山东大学，2010：9，39.
[7] 杨德煜 . 希腊神话传说中的复仇主题探究 [D]. 上海：上海师范大学，2004.

五、外文文献

[1] Radhi H Al - Mabuk，R D Enright，P A Cardis. Forgiveness Education with Parentally Love - deprived Late Adolescents[J]. Journal of Moral Education，1995，24(4)：440-442.
[2] Bradfield M，K Aquino. The effects of blame attributions

and offender likableness on forgiveness and revenge in the workplace - Applications to organizational behavior research[J]. Journal of Management，1999，25(5)：607-631.

[3] Brown P Ryan. Measuring Individual Differences in the Tendency to Forgive：Construct Validity and Links with Depression[J]. Personality & Social Psychology Bulletin，2003，29(6)：759-771.

[4] Buss D M，M G Haselton，Shackelford T K，et al. Adaptations，exaptations，and spandrels[J]. American Psychologist，1998，53(5)：533-548.

[5] Cohen S，D A Tyrrell，A P Smith. Psychological stress and susceptibility to the common cold[J]. The new England journal of medicine，1991，325(9)：606-612.

[6] Cords M S. Thurnheer. Reconciling with Valuable Partners by Long-tailed Macaques[J]. Ethology，1993，93(4)：315-325.

[7] Coyle C T，R D Enright. Forgiveness Intervention with Postabortion Men.[J]. Journal of Consulting and Clinical Psychology，1997，65(6)：1042-1046.

[8] Crombag H，E Rassin，Horselenberg R. ON VENGEANCE [J]. Psychology，Crime & Law，2003，9(4)：333-344.

[9] David M Walker.The Oxford Companion to Law[M]. Oxford：Clarendon Press，1980

[10] Davis J A，Smith T W，Marsden P V.General Social

Survey2000[R].Chicago：National Opinion Research Center，2002.

[11] Diamond R Stephen. The Effect of Fear on the Aggressive Responses of Anger Aroused and Revenge Motivated Subjects[J]. The Journal of Psychology，1977，95(2)：185-188.

[12] Elaine C，Douglas A B. Criminal Behavior[M]. Mahwah，New Jersey：Lawrence Erlbaum Associates，Inc，2007：281.

[13] Elster J. Norms of revenge[J]. Ethics，1990，100(4)：862-885.

[14] Enright D Robert. The moral development of forgiveness.[J]. A.m.a.archives of Dermatology，1991，78(3)：123-151.

[15] Enright R D，Gassin E A，Wu C. Forgiveness：A development view[J]. Journal of Moral Education，1992，21：99-114.

[16] Enoright R D，J D Maria. The Adolescent as Forgiver [J]. Journal of Adolescence，1989，12(1)：95-110.

[17] Exline J J，Baumeister R F. Expressing forgiveness and repentance：Benefits and barriers.[C]// M E Mccullough & K Pargament & C E Thoresen，Forgiveness：Theory，Research & Practice. 2000.

[18] Federal Bureau of Investigation. Crime in the United States：Uniformcrime reports for the United States 2005 [R]Washington，DC：FederalBureau of Investigation，

2006.

[19] Fehr E，GaChter S. Altruistic punishment in humans[J]. Nature，2002，415(6868)：137-140.

[20] Fitness J. Betrayal，rejection，revenge and forgiveness：an interpersonal script approach[J]. New York Oxford University Press，2001：73-103.

[21] Fonseca A C M，Félix Neto，Mullet E. Dispositional Forgiveness Among Homicide Offenders[J]. Journal of Forensic Psychiatry & Psychology，2012，23(3)：410-416.

[22] Foucault M，Sheridan A. Discipline and punish：the birth of the prison[J]. Telos，1979，1978(36)：102.

[23] Van Goozen S H M，Van d P N E，Sergeant J A. Emotions：Essays on emotion theory.[J]. Lawrence Erlbaum Associates，1994.

[24] Michèle Girard，Mullet E. Forgiveness in adolescents，young，middle-aged，and older adults[J]. Journal of Adult Development，1997，4(4)：209-220.

[25] Punishment and modern society [M]. Oxford：Clarendon Press，1995：16

[26] Özgür Gürerk，Irlenbusch B，Rockenbach B. The Competitive Advantage of Sanctioning Institutions[J]. Science，312.

[27] Shapiro D L. The Effects of Explanations on Negative Reactions to Deceit[J]. Administrative Science Quarterly，1991，36(4)：614-630.

[28] Hargrave T D，Sells J N. The Development of a Forgiveness Scale.[J]. Journal of Marital & Family Therapy，2010，23(1)：41-62.

[29] Hebl J，Enright R D. Forgiveness as a Psychotherapeutic Goal with Elderly Females.[J]. Psychotherapy：Theory，Research，Practice，Training，1993，30(4)：658-667.

[30] Holeman V T. Reconcilable differences：Hope and healing for troubled marriages[J].Downers Grove，IL：Intervarsity Press，2004.

[31] The Urgings of Conscience[M]. Temple University Press，1991.

[32] Johnson J L，Butzen N D. Psychoticism as a Predictor of Vengefulness Forgiveness and Religious Commitment[J]. Journal of Psychology and Christianity，2008，27(4)：329-336.

[33] Kimmel M S，Mahler M. Adolescent Masculinity，Homophobia，and Violence：Random School Shootings，1982-2001[J]. American Behavioral Scientist，2003，46(10)：1439-1458.

[34] Larissa Rene G. Conceptualizing forgiveness within the context of reversal theory framework：The role of personality，motivation，and emotionP[Z].2003.

[35] Li Jie. A Comparative Study of Revenge and Law in Chinese and Western Cultures[J]. Canadian Social Science，2015(4)：180-184.

[36] Li Jie. Evolution Theory of Law：from Retaliation to

Criminal Law[J]. Science Frontiers，2015(8)：91-100.
[37] Maguire M. Victims’ Needs and Victims Services：Indications from Research[J]. Victimology：An International Journal，1985(10)：539–59.
[38] Marshall T. The Evaluation of Restorative Conference Justice in Britain[J].European Journal on Criminal Policy and Research，1996(4)，21-43.
[39] Mccraty R，Atkinson M，Tiller W A，et al. The Effects of Emotions on Short-term Power Spectrum Analysis of Heart Rate Variability. [J]. American Journal of Cardiology，1995，76(14)：1089.
[40] M E Mccullough，R Kurzban，BA Tabak.Evolved Mechanisms for Revenge and Forgiveness[J].Behavioral & Brain Sciences，2011//Stonier，Carl. Human Aggression and violence-Causes，Manifestations and Consequences[J]. Counselling and Psychotherapy Research，2012，12(1)：81-82.
[41] Multicultural view of peacemaking among young children[J]. Natural Conflict Resolution，2000，：243-258.
[42] Mccullough M E. Forgiveness as Human Strength：Theory，Measurement，and Links to Well-. [J]. Journal of Social & Clinical Psychology，2000，19(1)：43-55.
[43] Mccullough M E. Beyond Revenge：The Evolution of the Forgiveness Instinct [Hardcover][J]. Journal of Positive Psychology，2008，5(1)：97-100：29，33，49-61，

103，105，121-122，125.
[44] Mccullough M E，Bellah C G，Kilpatrick S D，et al. Vengefulness，Relationships with Forgiveness，Rumination，Well-Being，and the Big Five[J]. Personality & Social Psychology Bulletin，2001，27(5)：601-610.
[45] Messick T D M. Sanctioning Systems，Decision Frames，and Cooperation[J]. Administrative Science Quarterly，1999，44(4)：684-707.
[46] Mccullough M E. Beyond Revenge：The Evolution of the Forgiveness Instinct [Hardcover][J]. Journal of Positive Psychology，2008，5(1)：97-100：23-24.
[47] JAMA. Bullying behaviors among US youth：prevalence and association with psychosocial adjustment.[J]. Jama，2001，285(16)：2094-2100.
[48] North J. Wrongdoing and Forgiveness[J]. Philosophy，1987，62(242)：499-508.
[49] Nigel Walker. Why Punish? [M]. Oxford：Oxford University Press，1991：1- 2.
[50] Elinor O. Experiments Combining Communication with Punishment Options Demonstrate How Individuals Can Overcome Social Dilemmas[J]. Behavioral and Brain Sciences，2012，35(1)：2.
[51] Pingleton J P. Why We don't Forgive：A Biblical and Object Relations Theoretical Model for Understanding Failure in the Forgiveness Process.[J]. Journal of

Psychology & Theology，1997，25(4)：403-413.

[52] Campbell R，Sowden L. Paradoxes of Rationality and Cooperation：Prisoner''s Dilemma and Newcomb''s Problem[J]. American Political Science Review，1985，11(4)：417-427.

[53] Retzinger S. Scheff T. Strategy for Community Conference：Emotions and Social Bonds，In Galaway，B. & Hudson，J. (eds.) Restorative Justice：International Perspectives，Monsy，NY：Criminal Justice Press，315-336.

[54] Restorative Justice Fact Sheet[DB/OL].http://ssw.che.umn.edu/rjp

[55] Scheidt S S. A Whirlwind Tour of Cardiology for the Mental Health Professional.[J]. 1996：15-62.

[56] Stover C S. Domestic Violence Research：，What Have We Learned and Where Do We Go From Here?[J]. Journal of Interpersonal Violence，2005，20(4)：448.

[57] Straus M A，Kantor G K. Corporal Punishment of Adolescents by Parents：A Risk Factor in the Epidemiology of Depression，Suicide，Alcohol Abuse，Child Abuse，and Wife Beating[J]. Adolescence，1994，29(115)：543.

[58] Stuckless N. The vengeance scale：Development of a measure of attitudes toward revenge[J]. Journal of Social Behavior & Personality，1992，7(1)：25-42.

[59] T P Mukherjee，K K Singh.(1989). The Law Lexicon.

Central Law Agency.

[60] Messick T D M. Sanctioning Systems，Decision Frames，and Cooperation[J]. Administrative Science Quarterly，1999，44(4)：684-707.

[61] Metz T. Censure Theory and Intuitions about Punishment[J]. Law and Philosophy，2000，19(4)：491-512.

[62] Topalli V，R Wright，R Fornango. Drug Dealers，Robbery and Retaliation. Vulnerability，Deterrence and the Contagion of Violence[J]. British Journal of Criminology，2008，42(2)：337-351.

[63] Sosis R. Darwin's Cathedral：Evolution，Religion，and the Nature of Society：By David Sloan Wilson[J]. Evolution & Human Behavior，2003，24(2)：137-143.

[64] Wallace H M，Exline J J，Baumeister R F. Interpersonal consequences of forgiveness：Does forgiveness deter or encourage repeat offenses?[J]. Journal of Experimental Social Psychology，2008，44(2)：453-460.

[65] Ysseldyk R L. (2005). Disposition Toward Forgiveness and Revenge in relation to coping styles and psychological wellbeing. Unpublished doctoral dissertation，Department of Psychology，Carleton University，Ottawa，Canada.

[66] Zechmeister J S，Romero C. Victim and offender accounts of interpersonal conflict：Autobiographical narratives of forgiveness and unforgiveness.[J]. Journal of Personality and Social Psychology，2002，82(4)：675-686.

六、网络文献

[1] bin Laden's "Letter to America," [DB/OL].(2007-04-25).http://observer.guardian.co.uk/worldview/ story/0，11581，845725，00.html.

[2] Nigel Walker. (1991). Why punish? Oxford University Press，p.1-2.

[3] Restorative Justice Fact Sheet[DB/OL].http://ssw.che.umn.edu/rjp.

[4] Van Biema，D. (1999，April 5). Should all be forgiven? Time，153，54-58.

[5] 百度百科 . 搭便车 [DB/OL].(2015-06-04). http://baike.baidu.com/link?url=SDyGkBjyzdZhxOkj2ULWZAZmc8zaYc471dpOwAojm5ZCWgFJtOBch4CWDZDUvTP47TpVpCHy56Y7RVglBAZKBq.

[6] 百度百科 . 十二铜表法 [DB/OL].(2015-06-06). http://baike.baidu.com/view/60967.htm.

[7] 好搜问答网 . [DB/OL].(2015-07-10). http://wenda.haosou.com/q/136489 4190063441.

[8] 新华网 . 被打女司机开房记录遭曝光盘点近年十大人肉搜索事件 [DB/OL].(2015-05-17). http://www.gs.xinhuanet.com/news/2015-05/07/c_1115204372.htm.

[9] 新浪网 . 男子为报复女友不忠订婚之际上网发布其裸照 [DB/OL].(2015-05-01). http://sc.sina.com.cn/news/s/2012-11-02/0759 39005.html.

[10] 中国早教网 . 江苏泰兴幼儿园凶杀案凶手一审被判处

死刑 [DB/OL].(2015-05-17). http://news.zaojiao.com/2010/0519/75060.html.

[11] 梁根林：公众认同、政治抉择与死刑控制 [DB/OL].(2015-06-05).http://view.news.qq.com/a/20110608/000051_2.htm.